2024年 秋之卷

诗收获

李少君
雷平阳
主编

长江出版传媒
长江文艺出版社

诗收获

编委会

主　　　办： 长江诗歌出版中心　　中国诗歌网

编委会主任： 吉狄马加

编委会(以姓氏笔画为序)：

吉狄马加	朱燕玲	刘　川	刘　汀	刘洁岷
江　离	李少君	李寂荡	李　壮	吴思敬
谷　禾	沉　河	张　尔	张执浩	张桃洲
何冰凌	林　莽	宗仁发	金石开	周庆荣
郑小琼	育　邦	胡　弦	泉　子	娜仁琪琪格
姜　涛	高　兴	钱文亮	黄礼孩	黄　斌
龚学敏	梁　平	彭惊宇	敬文东	雷平阳
臧　棣	潘红莉	潘洗尘	霍俊明	

主　　　编： 李少君　　雷平阳

执 行 主 编： 沉　河

副 　主　 编： 霍俊明　金石开　黄　斌

艺 术 总 监： 田　华

卷　首　语

　　在江对岸另一个县的民间话语谱系中，在遥远的记忆深处，来自岩帅的佤族大军曾经势不可当地荡平了勐勐平原上试图抵抗的兵马——岩帅象征着嗜杀与勇烈。此刻，当我站在岩帅镇街头，阳光明亮，闻着从茶园和甘蔗林刮过来的甘甜清风，看着一个个从身边走过的闲适的人，我竟然一点儿也没觉察到时间暴烈的一面，甚至有些怀疑语言的陈述是否加入了某种积怨或偏见。文化站的朋友把我领到一户人家——那儿破旧的沙发上已经坐着几位 80 岁以上的老人，正在饮酒，并准备用古老的语言为我演唱敬酒歌和佤族创世古歌。还没落座，我就兴致勃勃地向一位看上去年纪最大的老人打听：有没有传唱过一部名叫《一百零一朵花》的长诗？他茫然地摇摇头。又问其他人，也是摇头。这部长诗产生于傣语，曾经以佤语的形式流传于岩帅等地，1960 年代初因汉语搜集整理而存世。半年多来，在阿佤山，我差不多是逢人就问："你有没有听到过《一百零一朵花》的吟唱？"没有一个人给出肯定的回答。有人告诉我，也许这部长诗还有着另外的名字，以另一种方式在流传；当然，最大的可能性是——搜集整理的人，在 60 多年前碰巧遇到了某位歌手，而这位歌手的脑袋里碰巧装着这部长诗，唱出来了，记下来了，之后，没有人知道这位佤族歌手是谁、去了哪里，至于他是从哪里听来这部长诗的，更是无从查考。坐下后，我开始逐一聆听几位老人所唱的不同版本、不同区域流行的敬酒歌，以及那像从悬崖里蹦出的佤族古歌。尤其后者，声音与情绪降临时，我如同站在空无一物的地平线上，听到了来自地平线后面的吟唱，是旧的，又是新创的，分明是声音史的起点。我为之惊叹、窒息、狂喜、哀伤，不知道自己身在哪一颗陌生的星球。更让我感到无比震惊的是：几天后，当地朋友把录音的"古歌"歌词翻译后转交给我，我以为是"创世"的那些内容，其实反映的几乎全是现在的生活状况——他们把现在的词语放进古老的声音里，而我一点儿也不知道。

雪平阳

2024.8.23

诗收获

2024年秋之卷

目录

• 002

域外

推荐

中国诗歌网诗选

评论与随笔

季度观察

《秋影》

卞雨晨　绘

材料：数码绘画

尺寸：210mm×297mm

季度诗人

弧形时间

/ 呆呆

　　呆呆，曾用笔名胭痕，女，生于 20 世纪 70 年代，浙江湖州人氏。作品散见于《诗刊》《星星》《绿风》《诗选刊》等刊物。

我的栗色马

让我说说丢失的梦境。
一个春天
一辆老式自行车，我骑着它在钢丝的田埂狂奔

我听到油菜花、麦子，还有湖泊的叫唤
我听到白云掀开房屋瓦片

蒲草深绿，远方的城市匍匐叶尖仿佛露水泫然；沼泽一跃而起
它鬃毛飞扬

蹄声是月亮下莹莹微光的灯盏
我跟朋友说起这样的梦；在偶然的草庐、野郊和人境

我看到他们。低头饮茶或是推窗望月
墙壁、窗子因为长久的沉默，消散于穹苍；而我，还在低低地倾诉

让我说说那个梦境。
让我贴着孤独听一听衰老的沼泽之兽。它还在奔跑，它依然喧闹

故乡的傍晚

整个平原只有一棵树
树下站着一个人

它是荒芜分泌出来的一线幽魂，还是祖母丢失在草丛的煤油灯？

整个平原只有一幢房屋
几只白鹭被一片水域弹开
又被

另一片水域弹开。都不重要了，父亲。你的平静是我眼见的平静

你的星空。同样挤满了悲伤的石头

时间尽头

一个人醒着
这平原就不会睡去。

一个人开灯，这夜就沙沙转动
一个人的屋子，是唱针抵住星空

一个人在故乡，是陌生人回到更陌生的天涯
榆树下一条河抱膝恸哭，闻声而来的人，都是旧识

他们谈笑，轻轻走动；留我黑漆漆地醒着
留我，在这平原，草浪潮湿

饮酒者。和他碗中的蓝

夜深了。坐在山坡听夜风拍打透明的身躯
萤火虫搬来的宇宙，一个接着一个消失

荷塘里的蛙鸣。鱼塘里的锦鲤
再怎么倾泻，倒出来的依旧是深蓝。深蓝的银河

村子里的房屋，安静地左右摇晃
四面八方的萱草，羞涩地扒住窗棂

我答应要给你写信，信里必须提到那个老妈妈。踩着空空响的缝纫机
构树的叶子，又纷又乱。飘向我们身后

新 雪

在一幅画前找到它。好像它需要重新被命名
画家留在他的时空里
而那条河。
正在朝窗外另一条河蜿蜒而去

我俯视画里的树木
满含忧愁的小路
一束光。正在推开画框毫无意外地射入。静谧的意义在于它不可移动

也不必移动。
新雪在光线中静静站立
它打开翅膀又将翅膀焚毁。

它投身一条河，又从一个人的肺腑将自己掏出
它吹乱春天的长发。黄昏悬垂在树冠，被妈妈走过的每条路
在风中飘摇：新雪让人如此期待

我们谈论过无数名词之后，忽然又想起了它
它以天人之姿闯入生活
它俯视，散落，升腾。最后无迹可寻：像一个浴女，在黑暗中褪下了外袍

小酒馆

下雨了。
雨把我们扫进了这里
时间漆黑。我希望我们黑得更彻底，更无耻
黑到亮出心底最哑的垂涎
夜晚可以是鱼骨、丝绸和窗子扔出的诸国
震颤中钟表落下美人、山水和歧路

酒杯空茫，停在了炭中
这个城市玉兰开得仿若梵音。雨负责运送我们：

时有落花被贬，守着民国的陋巷
时有形骸，从楚国跟跄至今夜

1988 年。岁末

暮色是女性的，妈妈的
黄昏是橘子的，发散的
屋瓦上罩着薄雪，这寂静让人心慌
仿佛村庄就要断裂
露出几十年前的烟囱。苕溪浑浊，发亮，在村前拐弯撞入太湖
"真冷"
机帆船驾驶员。两岸杂树。浮桥。孤单的行人
辽阔如一蓬枯叶
妈妈抱着柴火，正在给猪仔添暖。泥土比河水更加动荡，让人不安
看到父亲穿着整齐
摇摇晃晃，去往西山。身边跟着炊烟，他的样子从容沉静
一年中最后一天，我们打扫房屋，祭祀神灵
往杯中添上新酒，静静地坐着
呼吸中恐惧一点点聚拢：有个异乡人，站在这里回忆着从前

酒中的月亮

我们谈到了诗歌，就像把时间架在炭火上烘烤
酒中的月亮。顾不上心碎
愁肠是弹丸是空门
是色胆是断章取义是一人枯坐
万骨繁花
没有谁的月亮，是一枚静物。落在赶路人身上，走得孤绝

免不得些许怀旧些许焦灼些许万物初生误入歧途。我们都是被抛弃的人
免不得声色免不得犬马
没有谁的月亮
信马由缰，越过边界去另一个国家酩酊：吾乃狂徒，热爱姑娘和烈酒
热爱舌尖上一切不明之物
月亮。月亮。且珍重，你空有一副花花肠子。惊动了深渊和妄想

坐下来，谈谈爱情

雨在雨声中找到伴侣
植物们越悲伤，香气越浓：坐下来，谈谈爱情
亲爱的。
月光也走在雨声中，它是两栖人，爱着一个人间女孩
要将身上的鳞片送给她
月光。坐下来，谈谈爱情。灯盏已经亮起，花团锦簇。黑暗中司机
正在发动引擎
你说：已看到这一切，正打算写一封报平安的书信
亲爱的。满大街都是收信人
坐下来，爱情。你很孤单，让我想起从前

月亮的双重谎言

夜晚。慧能师兄继续在月亮上刺经
我们去后山放天灯

公路上车灯闪烁，仿佛有热气球滑翔到了山脚小镇
再晚些时候，月光拆掉了周围的戏台

移来更瘦削的山
更深重的树影

还有更沸腾的人声

我们捡到一块月亮碎屑

（其实是挂在时间轴线上，露水般相似的旅途）
"师兄，看到没，坐在弓背虫左右的两个你？"
"师兄，衣鱼吃掉的那页自我，会否化生，一整个星空的乡愁？"

哲学的二重性

我想到了此刻故乡的少年
他为他的黄昏举行葬礼，等他切完一只橘子

半生已经过去
等他品尝到橘汁的酸涩与微苦

他已忘记了芨芨草、马兰花、稻穗
浑浊的沟渠，散乱的桑林

暮色的枝叶和花瓣
可以随时取下来献祭的供品，被谁吃掉了？我正在切开它：此刻在故乡的少年

他因为他的黄昏给我寄来橘子
他因为偏执带来秋雨。在这个无常的黄昏，我被谁吃掉了？

生于彼岸

雪地当然可以折叠起来
折成一架纸飞机。但我们还走在雪地上呢

我们走着。不知道走在一架纸飞机上面
我们走着。不知道纸飞机有没有被扔了出去

我们走着。因为忘记，不知道纸飞机会一头扎进淤泥

因为忘记，把所有的看见，都当成纸飞机：月亮的纸飞机，星星的纸飞机。
一个大湖泊的纸飞机……唉。没有引擎的纸飞机，在气流漩涡里摇晃着的纸飞机

孩子。你要慢慢走过夏天、春天还有秋天的水洼；你要小心地寻找。那只纸飞机
它灰头土脸，它依然清风盈怀

二加二等于三

亲爱的胡子先生。
原谅我，时隔多年忽然给你回信
你在信末给我留了道题：怎样让一只猫抓住月亮给的线团？

由此我想到可能的生活。
猫、月亮和中间那团看似清晰明亮的时间；我们。下一个街角
（不可能找到的。）

你坐在咖啡馆
除了月亮你不可能翻到别的页码
深夜你穿过这座城市。巷口槐树繁花累累

除了湖中的倒影，除了空旷里面一个孤零零的车站
你听到隔壁少年弹着忧伤的吉他
明天他要去加入战争

你听到钟楼的时针被一遍遍拨回昨天
除了这城市。白昼和黑夜，一个个窗口。失去了双腿的中年人捡到
废墟中的月亮：

这怎么可能是我，这么一张清新、没有态度的脸。
亲爱的胡子先生。
我正驱车去你的城市

那是一条海中间的公路，浪涛静得可怕
什么都没有发生，你从未写信给我。此刻，我穿行在不存在的"公路"中间

要给你送去一个答案：几近于无。

弧形时间

让我们回到独立桥头的春夜
星空又一次铺开信纸，写信人是谁已不重要

河流的朗诵声渐渐远去
渡口的榆树，是可能的过去式

它是月亮的朗读者。让我们走过蒙满蛛网的小城
静的蓝色电话亭

有人从那里拨来一串铃声：听到了吗？
花瓣上九个数字，和灯盏的零。

让我们走过，这持续、无限的春雨电报音吧
它朗诵着我们。它是穿制服的时间，是悬浮着的万米深海

陶　器

俯瞰一条河。会发现水是凝固的
再远一些，从月亮上看地球

你甚至可以想象，那是一个古人类，头顶着陶罐在虚空中行走
"我可以在黑夜肚腹上
刻下一条鱼。"

说这话的少年，坐在当年的山坡

他坚定认为，月亮是一个源头

而非去处
更不是他处的推波助澜

可是我们也曾经，踢飞山脚下破陶罐里的人骨
也曾经逆流狂奔，试图抠出卡住喉咙的淤泥

作为诗的陶罐，连胚胎都还未形成
可是少年。那个头顶虚空的陶罐，不就是你吗？

当你停止步伐，手底的圆盘咝咝转动
最后是谁，为这无名的泥坯，刻上风的图案

一天将晚

这封信写自 N 年以后
但我们依旧在银河中航行

实在抱歉。这里已没有四季轮回
至于你所提到的动物和植物

更是匪夷所思
这里唯一的时间是：活下去。你还说，有人因蝴蝶忘形

有人为流水起舞
还有人，给星云写情书，给它们寄去最原始的荷尔蒙

怎么可以这么贪婪无耻
要知道。在太空，所有星星都是哑默的

我们漫无目的，但依旧心存美意

就像人类的一位歌手。还在黄昏的树下自弹自唱：

请给我一杯水
请，吻住我的嘴唇

天　鹅

很多年前。小镇的木房子阁楼里
有着裂缝的穿衣镜前面
那只天鹅，白色
踮起脚旋转，羽翅闪着金光
她的妈妈，鬓边别了栀子
每天去风雨檐下摆小摊，卖芝麻糖糕
我们坐在古桥的石磴子上。吃烧鸡，喝罐装啤酒，把色眯眯的眼神
投向运河两岸
合欢树冠翻飞的鹭鸟。暮色是一辆巴士
我们乘着它绕小镇转圈
绕过山脚
运河绿了脸，甩开腰间绳结一路向南
绕过合欢树
小镇的灯盏变得渺远空旷。但裂缝穿衣镜的反光，依然打得车窗震颤不休
绕过古桥的石磴；啊。少年，你们隐隐的身姿
仿佛天鹅静静站立湖面
那时。你们是爱情，可以为所欲为
现在。你们是爱，是乡愁泛滥的星空，是不贞洁的小镇；风雨檐下尘埃不惹
的老妇

松　果

跟哲学家讨论"松果"
一个说：用名词去击碎名词
用事件去虚构不存在

另一个说：看到了吗？宇宙的耳朵。听清楚了吗？万物
"松果"在头顶摇曳，呼啸，坠落

和我擦身而过
又仿佛明月空悬，星海沸腾

我的摇曳
是看不见的"松果"，卡住荷尔蒙的时间表盘

我的呼啸，是科学家计算不到的万有引力
我的坠落，是最后的宇宙之锤

因为我是女人。信奉不可理喻和左右摇摆的欢喜佛

不等式

沿着这条路走下去，就能回到童年。
——我为这样的旁白感到羞愧

甚至落日都是被安排的！
它先是卡在三根烟囱之间

接着又被江水卷入漩涡
插满红旗的船只

在两条虚线中间爬行
街道上的我们，深陷时钟闹铃

每一秒落差
是泛黄的过去和灰色的现实，交织成徒有虚名的河流：

小镇上，那个从未踏出过县城一步的地理代课老师
指着头顶的星空
"去那里。所有灯盏淤积的下游。去那里，找到你漆黑的头骨。"

倾斜的影子

有没有可能
推开落日的是黄昏影子
而不是黄昏
推开虫鸣的黑夜，是地球。而不是地球的影子
亿万年前一粒红矮星消失前销魂的叹息

今夜，将推开"我"的影子
而非我。今夜，万物葱茏。星群流转

月亮下桂花熠熠生辉，把玩着不明其意的潺潺流水。我明白了，为什么纪录
　　片里的大海，是一朵愤怒的巨葵

遥远的淇水

给 S

多次谈到的秋天终于来临
呼啸而来的宇宙舷窗

无论我们摆出怎样的姿态都是错误，要感谢微风荡漾
留我们寄宿那夜。

沾了月色的草叶不承认早已白头
眼前湖面被抬高，升腾。磨成细雨

旅途的源头，被反复修改
这有趣吗？我知推门而入的你

不会问出久违的新词：你好吗？孤岛女孩
我知你只是静默。如遗址，如凌霄花攀附一隅

我知。旧年的美意，仍是露湿青苔，其上枝叶葳蕤
星空的装置从无转念

的确已是很晚。灯光此起彼伏，溅出一条条断流
别徒劳了，被删去之前。我们还要去马厩，喂桑叶给低头的寥廓

今夜，去荷叶下小坐

也许什么都不会遇见。
月亮在荷叶上滚动，它凝视着我却看不见我

我给自己读了一首虚无的诗
人海黑蓝。我看见了它，它看见的是星空以外的事物：

火中的莲以及那头一边奔跑
一边崩解的大象。包括什么也没有的我

却因为坐上风的表盘感到幸福
是的。风……鱼的恐惧并非来源于那些星星。它们忽隐忽现的鳍

它们忧伤的尾巴
它们在呼唤自己的同伴。包括无中生有的我

忽然出现在黑夜甲板上的我
被遥远而模糊的幸福，紧紧抓住的我；荷叶，这出神而凝定的姿态

静静地驶过。
——整个航程，佩索阿先生。你所说的占线，是不会发生的。

柚子钟的突然消失

不会有装束奇异的人向我打听一棵柚子树的住处了。

关于"名词们集体逃亡"的恐惧
来自那个编织的女人；她的毛衣针头空空如也：不要往后看

芥川先生。
枯比想象崇高，即便你讨厌东方人的矫情
好比这宜兴的乡下

粪土的万户侯，无爱，无梦
月亮的碎脸如同瓷器

从不莅临此刻；
这棵循声飞来的树黯然而悲伤……

庭院。侘寂。我应该"忘记众人"
我应该成为"星期天"的酷吏而不是醒在路边；我应该去参加宴会，而且毫
　不期待。自己那具柚子发芽的身体——

完全敞开。
父亲。逝者如斯夫，胡不归？

客地。一首没有词的歌

闪烁其词。

到处都在漏雨，如同一首诗没法结尾；任其流淌进入墙壁、早餐、人行道……
生活在此？几何学课程需要不停添加辅助线，为了论证眼前的丛林——

我们必须是有理数

爱妈妈，爱太阳，爱被星星刺瞎的眼睛；一切批着外衣的有形之物

爱乌云里面一个个车站

爱黑面孔的旅客；被省略的深海游鱼。

"留在人间的夜晚必须侧身，没有履约

微风不会带来石榴花

和精灵。骗子，去水中捞窗户吧……"树林是一枚隐形炸弹，引信的脚步正
  在接近它；亲爱的同窗们，定位不断发生。答案，答案颠倒在酒液：拆除
  我们，未来。

大象的背脊蓝焰寥寥

金属唱片。绕开我，幸福的雨之残骸。

时间带来什么

艾瑞克，在我父亲消失的地方，我们种了一棵柏树

我们期待那棵树会抓住他的肋骨

这就是每年我们要回去的理由，找到杨树、楝树、榆树、构树、朴树……最
  后停留在柏树下面；有些树。
还没抓住什么，就被溶解成腐殖的泥土

花时间和灵魂待在一起的树，会不知不觉淹没你。

彼时如此刻，然后你会说：

在过去的年代里，种在池塘上的树，初夏时节美得过分

空庭寂寂，风声如因。

我们跟着平原消失
又因为一层层涟漪误入歧途——

被星星的鱼嘴弹回地球。
在我们消失的地方,月亮的光线;那高空的测量仪抛出的"垂直"吸收着万籁,
艾瑞克。柏树的树冠,膨胀又血腥。但我保证那些树叶,针状的甜——

那些经由我们皮肤钻出的轻和缓慢。

潜水员的忧伤

我的朋友说起"立地成魂"
活着的窗口早已被时钟剥成一瓣瓣"月光涟漪";他劝我:

星空触手可及,而旅途是"永在的他国"
非必要的不知不觉,一根不知通往何处的电线,人世间可以测量的物⋯⋯都
    是河流的底部。这一切都是"背井离乡"的面具

"我有一个朋友。"
"他是一个忧伤的人类潜水员,他不知道自己在潜水。"

青　铜

博物馆的功能就是要把人类消失或丢弃的那一部分徒劳地展示出来。但仅限
    于"今日之日",据此。一位中国的哲学家如此概括:为了看得更清晰,
    吾必须走到无限远的所在。
死亡是"脱敏疗法"。
放置在玻璃橱窗里的不算,更像是过滤了颜色的乡愁:我们的城市就建造在
    它之上,而且一次一次被焚毁、推翻和重建。
总有一枚月亮从粉尘中扶摇而起
假如我就是那月亮。我会乘坐那深蓝的列车,从最初级的雨滴出发一直去往
    海洋深处;我会因为天空像一块龟甲感觉"危如累卵"。大概杂草也具有

这样的常识：从不爬上人类的灶台。

周三情书

今天又是"没有"的一天
但在少年时，我们写在纸上最多的答案是：去拯救，去受伤，去迎头痛击……
探手进入每一条突然间的高速路……满窗子星光。

生活不足挂齿
我的男孩。旷野的掩卷不是因为沦陷和祛魅，是因为它被拿掉了嗓音，在我
们离开之后；周三是一面需要不停补油漆的墙壁？窗户，石榴花打开了它
们——

你相信吗？现在，滑翔机，照看着暮色的草坪
恩典我
透明的鱼缸城市。我忘记了你，我的灵魂已经湛蓝，它被月亮剐伤，它在哭泣

琴键上的风暴

异客。
那些树，长在风暴皮肤上的树
一棵轻另一棵更轻；月亮的卷舌音让我们坐得更远

那些源头，替江河录制"永存"之源头
如同落入春日庭院的俳句：深渊

贪吃着幽暗与花的一朵深渊。
但我们要并排坐着

你顶着一头雨云，而我拎起晚霞的骨架
指出《旅游备忘录》里一处结构性的失误：海天之涯，所有死去的星球都葬
在那里。"我的心，是一位伟大的潜水员。"

因为真理永不停歇

可是上帝。我在去"有时"的路上，我是你错手弹出的火星

低空飞行

——我们所有人围着看那个匠人制琴，刨花一层层堆在脚下。

——空气是一把被破坏的琴。

例如敞篷车和吉卜赛人；没有人愿意回到刻度。语法不具名讳，我们所有人
围着"昆虫曲谱"，可是到了夜晚总是能听到"突突"的撞击（假如夜晚
是一块杉木，清晨是一架悬空的琴），装置中的"我们"微观又疑惑——

雨天是必要的砝码。

有人寄给我一本关于条纹的书

过去意犹未尽

我这样说只是因为另一边的天平，灰蒙蒙地没有边际；"没有人会去往那里。"
到访的人指挥房子们列队冲下悬崖。

继续游戏吧。

蓝色前缀，我们要提着灯笼散步在楼群，无缘无故的时代。准备好降落了？

与 AI 的一次访谈

信奉悬浮。

信奉一切可追及不可追；信奉花朵,尤其它们取出"尽意"的器官；信奉凋谢,
看不见的系统无处不存，短命的制造者：我看到了你，跑得语无伦次——

发动机和向日葵

嗑开瓜子会蹦出一刻分神，邀请我。去鼎盛的所在，切开餐盘里的声音：哪
怕是这样的时刻，偷了什么东西的那贼，急匆匆绕过后厨。

信奉天下。

昏了头的云开雾散，孩子；你的形象没法辨认，橘树们。你们的贪婪吞吃了
　　今夜，谁在毫无希望地辩解：无处可去？

缆绳或锚

离别显示了惊人的词汇量
假象在岸上，如我。推开水中的惊梦，他们在岸上有一个母亲，如我。

打绳结的人也会编译
假如读懂了他的网——

秘密。
把所有能拯救的都用上，消失；或下一个雨天
或邀请邻居散步

他沉默如不二的海洋；或它
暮色随意进出我们的门窗。形容词没有边界，反复推演出气体、液态、固定
　　的"空"和空之间的大陆架、岛屿。一个个国家如蚁穴溃堤千里，如我——

暖夜的风摘来丁香
坠入同一个时辰，荡漾哦。鱼鳍上的电椅，如我们。

在现实和超现实的帷幕后互见
——呆呆诗歌之解析

/ 王克楠

　　呆呆的诗歌，是中国当下的女性诗歌部落中一道独特的风景。她的写作以大千世界为背景，以自己的精神生活为由头，对于诗歌意旨和情境有着精确的个体把握，诗歌意象选择得既对立又融合，充分调动审美想象力，把显得呆板的生活现象写得非常有趣，最大限度地摒弃了既定人为意义的遮蔽，创造了新的诗歌意义，属于诗人"本真"，又给读者带来独特的审美享受。

　　呆呆的诗歌，属于内心现实主义，具有"超现实"的特点。这并不是说呆呆的诗歌已经完全汇入西方超现实主义的河流了。呆呆的写作根据地在中国南方，在湖州某一个普通的村落。她是一只飞翔的大鸟，但她的天空在世界，却落脚在中国。她的诗歌审美方式有中国式的意境和禅悟，一枝一叶可寄精神。呆呆诗歌有自己的逻辑方式和潜线索，梦幻色彩很浓，但又不是信马由缰，她按照一定的艺术逻辑去结构，去布局谋篇，只不过重视诗歌的"梦幻效果"而已。这样的写作方式，就促成了呆呆诗歌的一个显著的特点——重视细节。在她的众多诗篇里，一面是灵思的绽放，一面是细节的点缀，二者互为映衬。呆呆诗歌形成的"细节内质"或者是一个物象，或者是一个风景画面。比如《我的栗色马》是具有主体抒情的一首诗歌，第一句却是"让我说说丢失的梦境"。呆呆住在平原，并没有骑过真正的马，但她有骑自行车的生活体验，"我骑着它在钢丝的田埂狂奔"。诗文本中的油菜花、麦子、湖泊、白云等物象先后出现，逐渐深化了诗意。

　　呆呆尊重诗人亲临现场的体验观察，更敬重不在现场时出现的"想象空间"，认为不在场便拥有了更多的解释权，"天马行空和负重前行，都是生命的修辞，它来自本源"。呆呆诗歌的想象力丰富，但仅仅用想象力去诠释她的诗歌会出现误读，因为呆呆的想象力是按照一定的艺术逻辑去波动的，具有诗人自己的考量。

呆呆的诗歌想象也许是超现实的，但是与现实生活密不可分。法国的超现实主义艺术强调"荒诞"，呆呆的诗歌更关心普通人的柴米油盐，她的诗歌是接地气的，好像放风筝，风筝飞得再高也需有一根线牵着，这根线就是百姓的日常生活。呆呆诗歌的象征性是毋庸讳言的。在选材上，呆呆取材于江南农村旧生活居多，呆呆住在城市，却心系乡下，她心头永远存有一个镇子。如《去镇上》，去镇上干吗？不是买汽车，更不是买彩票，而是去街上看马戏和露天电影。这就是说，她对当下变幻莫测的世界感到眩晕时，就干脆回到旧时光里躲起来，"听到地心轴承发出'吱嘎'的声音／我们躺在新修的机耕路"，还有"马戏团的小丑，骑着独轮车去月亮上插旗幡"。她的想象力总是那么新鲜而陌生。呆呆似乎相信好的诗歌冲动和书写是"一次性的"，是激情万丈的，是新鲜的，是刻骨铭心的，而翻来覆去的艺术构思和推敲精雕只能把诗人的才华磨平。

呆呆的诗歌具有明显的唤醒意识，只不过是她首先唤醒自己，然后唤醒有缘人。她赞成奥登悼念叶芝时说的话，"诗歌不会让任何事发生"，所以，她选择诗歌素材时，大多选择美人、美景和一切美的事物。面对矛盾尖锐的现实生活，她则试图"想起来能和一切和解的可能"。如她的诗歌《1988年。岁末》，从字面上看，写的是年尾的总结，但是用特殊的诗歌语境表达了她对时间的记忆。诗人呆呆还试图用诗歌去穿越艺术和哲学之间的隔篱，比如《哲学的二重性》就展现了一个人对前半生的感悟和总结："暮色的树枝和花瓣／可以随时取下来献祭的供品，被谁吃掉了？"用诗歌文本呈现生活理念的二元对立，含而不露。呆呆的诗歌擅长书写象征性的世界，以此揭示出某种现实荒诞。如《陶器》，用陶器来暗喻人类某个方面的生活，"俯瞰一条河。会发现水是凝固的"，地球上人类的相互斗争是非常残酷的，"可是我们也曾经，踢飞山脚下破陶罐里的人骨"。然而呆呆没有像一般的诗人站到台前来发表人生见解，而是继续深藏在诗后面提醒读者，"最后是谁。为这无名的泥坯，刻上风的图案"。可以说，痛着并且温存着，也许是呆呆诗歌的另一个特色。

和大多数人初写诗歌一样，呆呆刚开始写诗歌的时候，也是停留在感情的表达和诉求上。随着时间推移，她已不满足于这样的写作状态，她开始关注生命更深层次的指向，尝试抵达与任何时代对话的诗歌境界。意象是现代诗歌常用的"工具"，而呆呆的诗歌很少有晦涩难懂的诗歌意象。纵观呆呆这些年写的诗歌，它们具有很强烈的"生产性"（读者的再次创作），即使是很普通的生活意向，也可以在她的诗歌语境中发生"特异质变"，涅槃成诗人的理想要素。呆呆的诗歌触角往往需要一定的"瞬间灵感呼唤"。诗人的灵感可以在场，也可以不在场；诗人的心灵可以在多维时空里飘得很远。比如《倾斜的影子》就发散得非常丰富，文本在一种二维悖论当中，寻找诗人自己和世界的关系。诗人先是对世界的悖论进行了铺陈，"推开虫鸣的黑夜，是地球。而不是地球的影子"。正当读者有可能被诗人吸引进诗歌的语境中，她不失时机写道，"今夜，将推开'我'的影子，/而非我"，诗人以己喻人，把人类生活的艰难处境呈现了出来。《客地，一首没有词的歌》走的也是这样的路子，生活的激烈矛盾完全被包容在温柔的风景里，诗人说，"我们必须是有理数"。"有理数"是暗指生活的正能量吧。诗歌文本中"一切披着外衣的有形之物"，逐渐走向犀利，"答案，答案颠倒在酒液：拆除我们，未来。"世界或许是没有答案的，有的只是善恶，但是在诗歌的艺术世界里，人们仿佛可以触摸它的整体图像。

人生活在世界上，不免面对各种各样的情绪，有快乐优美的，也有黯淡和悲伤的。各种各样的情绪一旦上升到情感层面，就会成为创作源头。诗人呆呆对于生活的体验，很多时候是优美的欢乐的，也有忧伤的黯淡的时候。比如《潜水员的忧伤》，写的便是很深刻的忧伤，"他是一个忧伤的人类潜水员，他不知道自己在潜水"。在生活里，很多人并不知道为什么生活，甚至于为什么活着，这是生活的可悲之处。人类的孤独是常见的，每个人内心的孤独又不一样，呆呆的诗歌《故乡的傍晚》就呈现了这种深刻的孤独和无助："整个平原只有一棵树/树下站着一个人"。作者想起了自己的祖母，还有自己的父亲，"父亲。你的平静是我眼见的平静//你的星空。同样挤满了悲伤的石头"。更加令人感到悲伤的是人和人之间的陌生感，诗歌《时间尽头》就把人和人之间缺乏沟通和信任的感觉表达得很充分，"一个人在故乡，是陌生人回到更陌生的天涯/榆树下一条河抱膝恸哭/闻声而来的人，都是旧识"。在文本里，心理层面的追求和现实生活的打击，构成了尖锐的二元对立。

呆呆的诗歌有叙述，有白描，甚至有对话，但都不是对现实生活的简单描摹，而是用隐喻的方式，抵达诗歌文本背后的"思想焦点"。在观察事物的视角方面，呆呆的诗歌采取了"多维视角"的叙述策略，根据文本的需要，有时候使用二维、三维，甚至第三方的视角。这样的写法不仅可以使诗歌显得生动鲜活，更重要的是可以不动声色地创造一种新奇的诗歌语境。比如《饮酒者。和他碗中的蓝》，文本中"山坡"和"夜风"是作者的视角，萤火虫则是另一个视角。萤火虫听到了"荷塘里的蛙鸣"，看到了"村子里的房屋，安静地左右摇晃"——由物去发现物，确实是一种非常高明的写法。《新雪》也非常有趣，诗歌文本里有画家的视角，"在一幅画前找到它。好像它需要重新被命名"。诗人本人有自己的视角，

"我俯视画里的树木 / 满含忧愁的小路"，更重要的是这首诗里的"新雪"，也有自己的"新雪"视角，"它投身一条河，又从一个人肺腑将自己掏出"。三个不同视角集合到一块，耐人寻味。

在文学领域，无论是诗歌，还是散文小说，第一人称叙述是重要的。一般的诗人会夸夸其谈自己怎样表现"小我"和"大我"之间的关系，好像"小我"就是个人的小情绪，"大我"则事关宏观世界、国家民族大业。呆呆的诗歌是化境的，"小我"和"大我"的痕迹都不明显，呈现的也只是"无我"。呆呆的《在小酒馆》写的不是"我"的情绪，而是为在小酒馆里的一群人画的精神图像。一群无聊的人聚在小酒馆，喝着无聊的酒，喝醉了，"时间漆黑。我希望我们黑得更彻底，更无耻"。这时候文本里出现的"我"，是"我们"当中的一个组成部分。《酒中的月亮》也写了一群人——我们，这好像是一群诗人在谈论诗歌，"就像把时间架在炭火上烘烤"，"没有谁的月亮，是一枚静物。落在赶路人身上，走得孤绝"。呆呆表达的孤独感是一种公共情绪，并不是作者才有的。《生于彼岸》是一首很抽象的诗歌，表现的是一种行者姿态，也是一群人的信念和追求："我们走着。不知道走在一架纸飞机上面 / 我们走着。不知道纸飞机有没有被扔了出去"。纸飞机，当然是象征的，但是"我们"的命运却是共同的，无论是坐在纸飞机还是坐在真正的飞机上，也不管这架纸飞机由谁操纵……都必须承受。

呆呆的诗歌在艺术上，具有楚辞的神性。她的诗歌世界是及物的，极力呈现心目中的"完美世界"，与庸俗世界保持一定距离。她的诗歌里没有大悲大喜的呼喊，也没有愤世嫉俗的北岛式的名言警句；她耐心地用生活物象去创造一种"生活氛围"，给人以似曾相识之感。她的思维导向是"以小见大"，文本所选的生活物象很小，却可以力拔千斤，激发读者对自己和生活关系的反省。如《黑天使》，就用了逆向思维。一般人的印象里，天使都是白色的，诗人却发现了"黑天使"，诗歌文本写的是养蚕女人的生活境遇。呆呆的诗歌一般都不太长，但有诗核，散而不蔓。她的诗是有灵魂的，比如《灵魂里的鱼》，这样的鱼，有可能不在大海里，只是在一个小小的瓶子里，但是它也是鱼，也有鱼的灵魂。这样的鱼，甚至不是鱼，仅仅是一枚花瓣。然而它是有灵魂、有体温的。子非鱼，安知鱼之乐？知道啊，呆呆不仅知道鱼的欢乐，还知道鱼的痛苦，"一盏灯凝聚的火焰鱼；生活掐紧了它命门"。呆呆是擅于化境的诗人，不仅可以化无为有，也可以化有为无。比如《乌有镇》，本来生活中并没有这么一个镇子，但诗人心里有这个镇子，乌有镇就诞生了。"想去乌有镇，我乘坐的巴士在云海颠簸"，试想，每个人都在生活中奔波，甚至可以说奋斗，然而无论奔波的目标和奋斗的目标究竟为何，到最后均抵达"乌有镇"——什么都没有得到，这样的空虚感是人无法承受的。

在诗歌语言上，呆呆的诗歌有明显的古风特点，她学习西方诗歌理念而不全盘西化；她用中国式语言表情达意，借鉴了唐诗宋词，形成了自己的语言风格。呆呆从生活取材到意象运用，含着满满的"中国风"。她诗歌的诗意推进，是有结构的，起承转合，一环扣一环，虽然在语感上会"省略"某个环节，但是在整体语感上完全是中国式的。她在具体写法上借鉴了中国绘画创作中的"大写意"，形在意在，意在形中，形神呼应，恰到好处。她手中好像有一枚月亮，有时在地上行走，有时挂在天空。她好像住在"月亮村庄"，村庄有菖蒲、供销社、摇摇晃晃喝醉的人……比如《天鹅》，呆呆只用几笔就刻画出了天鹅的外在形象，更为关键的是呈现了天鹅的内心形象："啊。少年，你们隐隐的身姿／仿佛天鹅静静站立湖面"。还有《今夜，去荷叶下小坐》所选择的物象，尽是中国画中常见的荷莲、月亮、鱼、星星等，此诗的重心在于抒写诗人感悟，"忽然出现在黑夜甲板上的我／被遥远而模糊的幸福，紧紧抓住的我；荷叶，这出神而凝定的姿态"，不知是诗人向荷叶学会了凝定，还是诗人在荷叶下小坐而感到迟来的幸福感。

呆呆诗歌基本的艺术手法是象征和隐喻，天长日久就形成了自己的隐喻世界。呆呆所选的生活物象，从表面看似乎很简单，却藏匿了大千世界。呆呆并不屑去证明什么，只是把诗歌的语感带入了。当然，在语感的进行中会呈现出一些"神秘性"。神秘性并不等于迷惑性，更不是生硬的"陌生感"，而是恰到好处地把物象和寓意结合到一起，表面上看似乎有夸大的地方，仔细读来却句句真切。呆呆的诗歌具有向美、问善的爆发力，如《时间带来什么》，题目是抽象的，内容却是具体的，叙述了"在我父亲消失的地方，我们种了一棵柏树"，因为这棵树，"时间"才有了意义，"花时间和灵魂待在一起的树，会不知不觉淹没你"。诗歌《不等式》的题目是抽象的，内容也是抽象的。"沿着这条路走下去，就能回到童年。"回到童年又怎么样呢？能找回久违的纯真和幸福吗？甚至地理代课老师所给的幸福生活的图像也只是一种善意的谎言。

对于呆呆诗歌的行文句式，不同的读者有不同的印象，其中不理解呆呆诗歌的人会挑剔呆呆的句式不完整，句子一会儿长，一会儿短，有时候某一节有六七句话，好像散文化了——岂不知这样的句式正是呆呆的长处。诗歌选择长句还是短句，源于诗歌中的气场，而不是表面的句式（当然用纯粹的短句子也能写出很好的诗歌来）。笔者非常赞同用长短句交错的方式来写作诗歌。长短句交错，不仅不会影响诗歌的气场，反而会强化和凝聚诗歌的气场。呆呆从 2007 年开始诗歌写作，在中国诗坛自在写作了 17 年，她的诗歌创作不跟风，不流俗，做到了完全忠诚于自己的内心，心有之，则写之。而且只顾耕耘，不与"诗外世故"相联系，走出了一条属于自己的诗歌创作道路。

方言的故事

/ 杨碧薇

杨碧薇，云南昭通人，中央民族大学文学博士，北京大学艺术学博士后。学术研究涉及文学、摇滚、民谣、电影、摄影、装置等领域。出版《下南洋》《去火星旅行》等诗集、散文集、学术批评集共六部。网络课程《汉语新诗入门》入驻腾讯视频。

绵山赋，兼怀介之推

那一秒，火蝶纷乱，淹没了星空
在红与黑的肉搏中
他终于写出毕生寻求的道
从此，清寒的节日有了烈焰的品质
而绵山，始终如一坛深藏的老酒
静候我千年后的造访
夕阳将近，我盘旋，上升，复盘旋
想象着一种珍稀的悲壮，不，壮丽——
正用决然的大宁静对抗
千军万马的功名
但我听到的，只有水涛沟
深绿色的潺湲
一滴又一滴，穿过风孔
穿过少数人的书桌

方言的故事

我祖母的祖母仙逝时
从家传的语言锦囊里，掏走了
二十个星座、十头猛兽、两枚月光石
我祖母的母亲长眠前
亦封存起一生的讲述，并从中
携去十五名龙女、八张寻宝图、一把金钥匙
多年后，轮到祖母
要坐上大帆船去往遥远的河外星系
临行前，她为哭泣的我们
留下了能留下的一切
但还是带走了
九次日出、六门手艺、四种旧天气

当秘密森林把仅存的薄荷气吹完

转身，消失于时间的次元

我手中的祖传辞典

也变成一页无解的银箔纸

想不起那种方言了

我只记得它

曾长途跋涉，从摸不到切边的

过去赶来，发梢滴下海外仙山的清露

空气干燥它却湿润、洁净

像刚蒸过大米的竹甑

由里到外，冒着乳白的热气

见到番茄它赶紧招手："脸都冷红了，过来烤火。"

见到土豆，它就摸摸它的头，端上一盆洗澡水

生活嘛，时咸时淡，怎免得了苦和酸

它始终坚信朴素的正义

机智，俏皮，忍耐，鲜明

我想不起来，也就难以漂亮地复述

它的五官、身段、英姿、神奇

描摹不了它

在亚热带风雨里嘿嘿一笑，又把头高高昂起的样子

尽管离乡多年，我依然

能用一种过滤了的方言

大笑，谈天，与老友们回想

课堂上的小纸条、抽屉里的情书

但我深知，当我用方言说出一个词

它背后的一千道味觉、十万次冒险

已从我舌尖隐遁

说出即离开：乡愁的气息离开我，奔向意义的量子纠缠

这就是我的现实——

以语言为家，也在语言中流浪
为了在无人喝彩的黑暗里，举着语言的火把
照亮自身的存在
我依然要
走一条艰苦的语言之路
而作为跨世纪的新女性，出来以来，我一直在
与世界贴面，被文明喂乖
早已无法用方言谈恋爱，讲学术，形容属于
星空的事物
祖母口中住着老变婆、流浪汉、私塾先生、熊和孔雀的城堡
正在数字时代加速崩塌
掩埋了旧日的语音、语义、语气，以及它们
糖画般勾丝拉线的小表情
人们在废墟上为新建筑的奠基剪彩时
谁还想到，脚下埋着一座辉煌的语言剧场

万幸，有诗在！
写诗时，我手中的字
获得时间的豁免权
重新穿上方言的胞衣
装回方言的声带
我端详——它们
在与普通话、书面语、英语、法语、西班牙语
各民族的各种语言、网络语、二进制语、流行语
守秩序的和乱码的语言
冒泡的和不冒泡的语言……的照面中
如同宇宙大爆炸，撞击出新的形光影色
用这仅属于我的语言，我恢复龙的腾跃，描绘海的丰饶
我从众人中看到自己
在行走，战斗
书写，创造
我梦想：这诗的语言，能将人

从机器中抽出来
删除人身上的数字编码
掸去数个世纪强加给人的金属属性
让他们肉感、丰盈，皮肤健康，善于奔跑
而思想将如海藻，自由摇曳，与光同呼吸
我的诗，就与这些灵敏的人为邻
他们要为后人
留下一块肥沃的语言土地
未来的人类，便在这里建造新家园
每个人，都能真实地活，痛快地说
……美极了，我的天

在这条名为诗的凄清小路上
我愿成为语言的猛将
哪怕此刻，我仍在拂晓的客厅
等待冬日升起，浓雾散去
——我期冀着，它
就是被祖母带走的一轮日出
斯人远去，却能通过他者的语言复活
或许我的书写
也会给祖母一个新的生命
她将带着熟悉的微笑，轻轻拍醒
儿童床上熟睡的我
穿透多维时空的折叠，她捎来
一篮樱桃
两把春韭
三枝山茶
四朵青头菌

枯山水

我赞美我们身上虚拟的山水

它们的交融与差异
赞美一念
赞美我们之间正在发酵又注定隐颓的春氛

孤独星球

最后一小时　我们听遍了上世纪
深蓝指纹的民谣
摁灭宽丘雪茄　拉起 ELLE 牌波普行李箱
走进真空幽邃处的黄金长廊
天还没亮　地球于亿万光年外
做着绝版旧梦
我体内的热　还在轻喷龙舌兰的岩浆
真寂静啊清晨的太空旅行
时间在我们脚后跟打结
廊灯在我们头顶咬出一块
待阐释的缺
亲爱的我们去哪里
风很凉了　手心滚烫
快用你的吻接住我下坠的流星
让我的留恋僭越清秋的汹涌如华尔兹般闭眼飞旋

那女孩的星空

整个夜晚，我们在萨热拉村的旷野中看星星：
报幕的是金星，
为它做烤馕的是木星；
很快，银河挥洒开晶钻腰带，
北斗七星舀着新挤的阿富汗牛奶；
猎户和双鱼躲起了猫猫，
天琴座拨响巴朗孜库木。
另一个半球的南十字星耳朵尖，也听得痒痒的，只好在赤道那头呼唤知音。
十岁的阿拉说："今晚我好开心。
等我长大了，能不能当个宇航员？"
——她瞳孔的荧屏上，一颗滑音般的流星
正穿过天空的琴弦。所有浑浊的事物
都在冷蓝的呼吸里沉淀。
后来，塔吉克人跳累了鹰舞，摁亮小屋的彩灯。
魔幻世界倏然隐去，
而某种奇光，已在万星流萤时照进我们心底。

一小块儿

原来，我的整个坐标，
有一小块儿是留给你的。说它是
微光也行，残骸也好，
反正它泊着，保持深水区的骄傲。
想起你时，它就长出些
芒刺或苇草。
在漫长的分离中，在男人女人们喧闹着
加入我们的曲调，游过我们的身体时，
在偶尔的痛感与惯常的丝绒里，
它只是空出一地薄灰。
哎，当你终于越过锯齿的澎湃抱紧我，
我应该和这一小块儿同时颤抖，
最好哭出点声来。但什么都没有。
我被一头叫沉静的怪兽给制得服服帖帖，
它的爪子，在我心上画着缠枝的幻象。
你的唇辗转于我颈后的头发，
而我竟忘了那一小块儿，仿佛自己正
溶进怪兽的内部。它引我们来到
陌生的海港。
我一步一步往前走去，背对你，停在那条

泛黄的直线上。

水中象国

象群涉过那普娣河
她反坐于象背
岸开始漂移
满头红花的凤凰树
草香氤氲的碧野，以及顷刻变幻又
越来越远去的云
皆缓缓运镜
一寸一寸，转出视线边际

仿佛移动的不是大象
是河以外的一切

心中薄雾笼罩的异国客远行归来
只这一念，已离世界十万八千里
只这一念，她和象进入时间的骤停
构成一个整体

宋瓷博物馆里的荷叶盖罐[1]

梅子青时雨
我们在荷叶伞下相遇
因为年轻，所以浪费
我决定天晴前牵马离去

八百年后，你的等待早已凝为
一潭春水静止

---

[1] 遂宁宋瓷博物馆内，藏有一枚南宋龙泉窑青釉荷叶形带盖瓷罐，通身呈梅子青色。

唯翡色不语，还在小心守护那个
关于错失的老故事
我触摸它：饱满的圆
含蓄玉柔与徒然
仿佛你手掌的温度还停在我
缓慢的指尖

行船贝加尔湖

足底开始移动。寒冬的码头
像一条灰色的线段
在你身后变短，变虚，消失于视线

船向湖心驶去
湖面薄冰，被一路前行的驱动力铲成石英碎片
一块挤一块，在渐明渐朗的日色下
跳荡着清水特有的光泽
碰撞出深蓝色的玎玏腰韵

这乐音，是湖主人摇动门上的风铃
朝客人发出家宴的邀请
一瞬间，你被悠远的立体声环绕
分不清近乎透明的水与光
哪个更晶莹，哪个更轻

只觉时间被取消了，成为一个抽空的概念
你眼前的实体，是瓦丽刚从湖里打上的一杯凉水
抿一下，你品到口腔里回旋的冰爽
猜想湖底的某种精灵
把它酿的芳醴同你分享

再往前，在明暗分界处

你看到，不，进入一幅风景画
人，便是画中会呼吸的部分
人随船而行，画便也呼吸着人的鼻翼里
沁染雪味的新鲜空气

这画深悟雪的变奏
明的一半：雪均匀地铺在山上，白中微透舒展的金黄
暗的一半：雪涂抹着木屋和树梢，矜持、克制、幽蓝

悄然黄昏来临，悄然白黄蓝褪去
茫茫世界，裹上印着紫绣球花的玫瑰色云锦

跑了一下午的船，也在湖的另一侧靠岸
你走进暖气充盈的咖啡馆，坐在巨大的落地玻璃窗前
白昼将尽，贝加尔湖尚未完成它一天的艺术创造
还在山水交界处渲染暮霭
你知道文字是比不过它的大制作了
但仍想写一首小诗，为它的美
为你们生命中相交的部分
留下汉语的注脚

苏格兰小镇

雨后，万物蒙上露珠
乌鸦向低空分散：一朵骤然打开的野蘑菇
格纹裙男子举着顶部发亮的雪糕走过街头
公车站空着，来路和去向在停顿中相互抵消
有人眼看这一方世界
暮色苍愁正在平行时间里与二十一世纪反向滑动

通州运河怀古

霜色复转浓。
历史的太虚幻境，用淡淡流水
把他运来。
这里是通州：
市民在 iWatch 的关怀下晨练，
火车载着远山黛和明信片，
驶过运河上的铁路桥。
他想起离开那日，金陵丝竹再次惊飞
梦豢养的画眉。一切早已被梅雨洗空，
一切又将
在陌生的地方重新开始。
只要还有河，碎成雪花的心，
就还能去远方，就还能让
美丽的少男少女永远年轻。
他眼前，一幅文学图景缓缓转出花骨朵，
活着，讲述，写，
若干年后，那部作品将替他
完成纸上的天鹅。
而所谓不朽，不过是身外孤舟。

雪夜永恒

直到雪花织成了银丝网
我们仍骑着摩托车漫游昭通城
我的手搁在你衣兜里，头靠在你背上
紧贴你起伏的田野，我眼前胶片蔓延一卷卷倾斜
街衢空荡，路灯向琼苞深处张望
零落的背影匆忙回家
我们有家不归，只想就这么依偎

就这么云中航行虚掷一生

真好啊，抹除语言的世界，唯有皎洁与你我无垠
我的彝族男孩，你的金色耳环迎风摇晃
和你整个人一样，痛饮高原的圣光
真好啊，十七岁
一小时前我们还在锆石的星空下亲吻
一小时后我们将去小酒馆烤火听摇滚
真的好，清酒般的爱情
它同时带来最柔软的、最悲剧的，以及杯中的烟花
让我们身处其间而浑然不知
纷飞多年，那一夜的甜还流连我舌尖

通辽山地草原

那首诗即将饱和了，总还有一孔涌不出；
那首诗永远触碰不到，只能无限趋近。
在它浆果色的核心，
马背的线条，拉动着地平线的节律；
在它难以丈量的边际，
光分解为最小粒的珍珠，
用稳而亲切的力，在狗尾巴草尖停住。
我想说的还不只这些，
还有山地草原向天空捞来的斜坡，
坐在斜坡上，
缀满蒺藜的心，被暮色照射出
翡翠般的净化与甘饴。
我还可以继续这样说下去，
一切皆可形容，但草原无法复制，
就像那首诗，它保留的部分，
正是我们自身，
没有入口只有回声的陌生禁区。

极地边城

这里的天空告诉你：蓝没有目的
美的本质，只是纯粹与浪费

每年，它还陷入数月的深睡
只在梦中用极光作画
以变幻的笔法，开发美的可能

如此循环，气候又渐暖
成群的琵鹭，出现在湖水解冻的岸边
它们身穿白西装，嘴上挂着黑提琴
为浅金色头发的女科学家
表演一支被春风吻过的协奏曲

而人的世界，再无扩张的必要了
仅需一座公园、一家酒吧
一所医院、一处墓地
唯一的教堂，保存着一架百年前的管风琴
无论是死者的葬礼，还是婴儿的洗礼
它都会送出庄重的祝愿

更重要的是过程——在不可顽抗的生死之间
生活依然保持雪花的身形：晶莹，轻盈
以至于居民们经常习惯性地忘记
边城的名字
只有在岁末，红皮小火车一路擦过落满雪的海滨铁轨
载来快退休的老邮差和圣诞树时
人们才会想起南法的葡萄酒
巴西的咖啡、中国的茶叶

太袖珍，地图上也没法标注它的位置
只有行者和诗人知道，留白处自有广阔天地
这表征着极限的坐标，为了抵达它
你须有十二分的决绝，并于人生的狭窄地带
高歌，孤行，一路向北
直至无路可退

海滨故人

我们朝回澜阁走去。
栈桥下，劳动者从灰玻璃中掬出海的女儿；
艺术家驯服石块，将它们垒成
袖手神佛。
迎着人群的曲径，你说到悲泣的庐隐；
无法再往前了，只有海鸥能抵达
人类渡不去的境地。
关于白日梦、吊床和酒杯，那些使我们狂野又冰冷、
颤抖并尴尬的毳羽，
从未背叛时间的馈赠。
也许百年前我们就活过一次，
并曾以耐冬的芒姿燃烧一生。
而今天，海浪正被风驱赶至礁石的领地，
波纹反向，像一条条玄色脊梁，
用不可阻挡之速持续后退。

万象青木瓜

"我并非亡命徒，只是南北回归线之间的
周游列国者。在热带，我能时刻保持
游泳的状态。"

他喜欢舒展的水，警惕坚冰。他的宝箱里，

有地球上最大的圆；也藏着发黄的
缅栀子指环。

"忘了是哪一年，我开始厌倦巴达维亚，
把家搬到清迈。我修了一栋木屋，
推门是湖，削开的翡丝托着白鹅。"

在人潮似火的万象夜市，他的身世忽明忽暗。
"这边和泰国很像，但基础设施远不如曼谷。
要跨越两个世界，只需过一条湄公河。"

他讲泰语、英语、夹生的华语、一点点高棉语。
"我没见过雪，但并不好奇。雪是一种
妥协的中间物。你的北平，对我来说太遥远。"

我们吃青木瓜丝，生猛辛辣的
邂逅很快湿透了衣衫。味蕾在远古山丘睁眼，
我开始草拟身份的谱系。

"在广州，我曾想搞一辆最新款的凯迪拉克，
带初恋的小娘惹兜风。对了，广州是我到过的
最北的城市。三十年前，那里手表遍地。"

老挝啤酒吹轻了消夜的气泡；
青木瓜之味，化为一枚鲜爽的纽扣，
钉入我的记忆。
从塔銮到夜市，浮生又一天。
"江湖茫茫，有缘再会。"
他用白话同我告别，
转过身，脖子后的"忍"字已褪色。

湄公河日落

竟忘了为何来到这里——
须臾间，我已被空无填满，臣服于
天空的盛宴。
那么多河流，那么多痴梦，
为何我一眼认领的是湄公河，
它在万象和廊开之间涌动，
在我的血液里取消了时空。

多滚烫啊，短暂的夕阳。
你在地球的银幕上播放壮丽的影像。
你带着被万物辜负的金箔隐入太平洋。

万　象

人影熙熙
那热土留给你的终极一瞥
是一头灰色大象远去的
背影
后科技时代　你与红尘的全部和解
在暖风渐凉的黄昏如瓷玫瑰烈焰般喷开

喜剧演员

演出结束，我穿过后台的走廊
遇到他
抱着驼灰色外套，猫在一旁
忍不住多瞄了两眼——我差点没认出
他，就是刚才舞台上，那个爆炒板栗般
热烈得发躺的人

一张看不见的渔网
网走了他的眼中星、唇边笑
一根拧紧的发条顷刻松弛
搅散了他周身的力量
曾在聚光灯下提着他的
神秘的牵引线
也松开了手
他整个人都耷拉下来，乘上一条
下行的抛物线
持续往下滑

后来，离开剧院时
观众挤满了电梯厢，他最后才进来
贴在金属门边，垂头侧身
像一只游出水的虾
在没有台词的世界
干枯、疲惫，无法再冒出半句话

两秒，三秒……电梯门开
他第一个迈出去，很快
往灯火浓稠处，拓下浅淡的背影
至此，我才看到一出完整的喜剧
在游客奔涌的王府井
仿佛他才是寒冬里的流浪汉
急需被喜剧逗乐，被人群烘暖

惊　蛰

你惊讶在我体内
竟有这么多从未现身的虫子
瞬间齐齐振翅
它们伏在早春伤口斑斓的地表下

歌颂我滚动在荒原上的明艳
你陷入我
宇宙拉紧我们的手
一圈又一圈，飞翔在火焰的墙裙边

佳期如斯，我却恍然从人世抽身
凝视你的沉醉和欢喜
我用尽力量颤抖，覆住巨大的悲伤
窗外是辽阔的蔚蓝
而这张床上，我全部的冰块还在闪耀银光

五行诗

相见恨晚
用对望代替厮守的海和天

但我依然固执地热爱
那些我们共同捍卫并守护的
虚幻小火焰

抓水晶的人

也只有在蜉蝣的纱翼
折射出金钻的须臾，我才会想起你。
是你，让那枚近乎透明的白水晶，
从文字的昙花狂欢节里显形。
苦瓜白水晶，鸽影白水晶，
你抓住了它，像抓住流星横扫银河的尾速。
这速度于我们的生命，是一个微毒公倍数，
放大了另一头的家园，搅起这边
欲罢不能的无限愁。

可你又松开了手，那么自然，那么轻，
仿佛从不曾拥有
废墟般美丽的白水晶——
它才是自己的主人；它目送你越过镜面和冰凌，
身披燃烧的霜叶踽踽远行。
对于它，你早就懂得：
泪流第二次便为多余，
流一次方为绝唱。
而余生风景，不过是与异乡坦然相处，
在寂静中完成对短暂的责任。

（致陈子昂）

爽　快

爱一个人最好的事莫过于
从发芽到盛放都不惧枯萎
从心灵到身体全给了他
感觉自己是一团烈火，正好他也是
抱在一起就火树银花
烧到极限便化为灰烬

在滇池

一些际遇正在此刻溜走
我只是仓皇地嗅着你领口的洗衣液香随夜风如轻歌般弥散
我只是静静地听着你给我的琴弦在湖光上爆出青铜的断响

海宁王国维故居

重的是铜绿，轻的是苔痕
深深浅浅的碧色，为午后闷热的梅雨天气

挑染了森林般的呼吸

如果有一只白猫，我猜它也会
跟随这呼吸的节奏
在暗红格的窗棂下打盹

太安静，仿佛海宁的另一个性格
远离一线潮，走过盐官镇上锦簇的市廛
我来到此处，齿间还飘荡着芡实糕里
桂花的香影
而大师的童年，就在这小小天地
观物，明心，立志

因此它很小又很大
大到装得下
一位卓异的大知识分子在忧愤与退思之间
遗世独立的绚烂悲绝
大到小如我，根本找不到一个角落安放语言
直至十三年后，才通过一首小诗
站回这一方庭院
满怀愧疚地掂量着一份
迟来的表达

童年春节

就是全家人在一屋，各有好天气的状态
这个进进出出，那个忙里忙外
而你嗑嗑瓜子，剥剥橘子
转着角度看亮晶晶的镭射糖纸
虽不被注意，却怡然自乐
在爱的温泉池游泳，白汽热腾腾

就是只为这一佳节才开张的嗅觉
孩子们火柴一划，世界大奇妙
鼻孔中混合着雪、爆竹和烟花的味道
空气凉而透，你深深吸一口
像浓雾散去的小森林，充满氧气，无限清新
未知的冒险在前方招手

就是不知从何处涌来，慷慨赠予你的力量
从躯体到四肢，灌满趾头直通指尖
生命的冻土被草绿色的铃铛叫醒
一夜间，花骨朵儿噼噼啪啪打起邦戈鼓
声带催促你唱歌，双腿命令你奔跑
唱着跑着，擦过耳畔的风就温热起来

哎嗨嗨，就是那种你看什么都好看
万物看你都可爱的感觉！
再补充句什么呢？
——你好呀，新春快乐！

女性的他者：奔向意义和真理的诗人
——评杨碧薇的诗

/ 纳兰

杨碧薇，作为跨世纪的新女性，是一位"奔向意义和真理"的诗人，与意义量子纠缠式的诗人。杨碧薇追求意义间纵横交织的部分及意义之外更深层的意义，这也是她的诗的言语的一直的朝向。就像她在《绵山赋，兼怀介之推》中所写，"终于写出毕生寻求的道"。"道"，既要寻求，又要写出，且贯穿毕生。这是一位诗人的玄心和所持之志。她有"80 后"女诗人、批评家、学者、博士、教师等标签，尽管她可能并不喜欢被任何一个标签所束缚。碧薇有更综合的文学批评视野，也写过大量涉及摇滚、民谣、摄影、电影等方面的当代艺术评论。她不是一个可以被符号化和标签化的诗人，而是一个灵动可爱、明慧潇洒的，有着"诗与艺术的互阐"之术的诗人。"她把冷门的艺术介绍给坐冷板凳的学术"（《当代淑女》），高学历、高颜值可能都将被她的高才华之光所覆盖。我们应该摒除这一切非诗的因素，进入她的诗学世界，重温她曾走过的"一条艰苦的语言之路"（《方言的故事》）。作为她的朋辈诗人，能感受到她带来的"同侪压力"。我毫不吝惜溢美之词，对她的诗中所散发出来的耀眼的光芒，予以中肯和客观的评价。她在《孤独星球》中有句诗，"廊灯在我们头顶咬出一块／待阐释的缺"。读碧薇的诗，似乎就有种廊灯在顶的感觉，似乎每个人头脑里都有一块"待阐释的缺"，这缺可用"某种奇光，已在万星流萤时照进我们心底"（《那女孩的星空》）来补不足；当你感受到"越过锯齿的澎湃抱紧我"（《一小块儿》）的时候，就与这些诗发生了第一次的亲密接触。

布朗肖在《未来之书》中说："我们写出的语言要有声音，有灵魂，有空间，有户外空气，要有独立生存的文字能承载上述一切，给它们留出位置。"碧薇的《方言的故事》《女性的政治》《当代淑女》《诗人和艺术家恋爱》《糖罐上的美人》等诗作，堪称独属于她的"最佳文本"，不仅写出了布朗肖所说的"有声音，有灵魂，有空间，有户外空气"，而且涉及和承载了诗学、女性主义、诗的政治、诗人和艺术家的关系等议题，给我们留出了审美空间和阐释余地。

　　杨碧薇是诗人批评家，这意味着她懂诗学，也懂诗，存在着成为最佳文本的最佳阐释者或最佳阐释者所创作出来的最佳文本的无限可能性。有时候诗学和诗是一回事，高深的诗学认知就藏在诗里。或者说好诗召唤着普遍诗学对它的体认与阐释。《方言的故事》这首诗，在我看来，可能就是她的最佳文本之一。这首诗里隐藏着存在和秩序之源，值得我们浓墨重彩地解构和点评一番。在她笔下，"方言的故事"所传递的不仅仅是一种异质性的语言哲学，还是一个血脉般流淌和传承的"语言锦囊"，是一种"祖母的祖母—祖母的母亲—祖母"再到"我"的伦理秩序和秘传诗学（知识）的语言，这里面暗含着一条与血脉之纽带所并行不悖的"语言的纽带"。一个人的"仙逝"和"长眠"，或"要坐上大帆船去往遥远的河外星系"，既是语言的死亡，也是事物的湮没，还是肉身的消亡；既是带着生命印记和刻痕的事物的湮没，也是一种语言存在的死亡，从随身携带着语言和死亡的鲜活，直至死亡吞没了语言和身体。这是《方言的故事》的"开端"，也是在语言和历史上"延伸到遥远的过往，通过现在，进入未来"。当"语言锦囊"成为"我手中的祖传辞典／也变成一页无解的银箔纸"，这是不是说可解的语言的丰富性、多义性，变成了无解的单一性？这也是一种"开端"，真正的"方言的故事"的开端是从中间和"我"开始的。这是从中间（我）开始的故事，在"一页无解的银箔纸"开始历史书写。碧薇在《苏格兰小镇》里有这样一句诗："公车站空着，来路和去向在停顿中相互抵消"。而在《方言的故事》中的携去与捎来之间是事物与语言之间的相互照亮。

　　这种方言的特质是"发梢滴下海外仙山的清露"般，"像刚蒸过大米的竹甑"，是"见到番茄它赶紧招手"的人文关怀和慰藉的语言，也是一种抵抗死亡吞没身体和语言的"复活的语言"。正如碧薇所写，"斯人远去，却能通过他者的语言复活"，这是对死的生存抵挡和非真理的抵制。这是个人化的自我书写，能辨认出自我的"他者性"，每一个我都是历史的、先人的众多个我的集合。这是自我与世界、语言与万物之间的共和状态，这是语言的共和。斯坦纳说，"每一种语言都有自己的表达方式。每一种都以自己的模式塑造世界以及反世界"。碧薇以自己的诗学塑造诗并抵制死和非真理。"方言"又确乎像一个人，不是词语的肉身，是穿了肉身的词语，词语即肉身，是真理的肉身和语言的肉身，"它的五官、身段、英姿、神奇……又把头高高昂起的样子"。碧薇不是掌握了话语权的"主"，方言自身即"主",也不存在只用倾听的"仆",人和方言之间不是主奴关系,而是一种无关权力的原始状态的语言关系。"这语言,说给一个不似'人'的人听"(布朗肖《未来之书》),言语没有落入主仆的辩证关系,没有沦为权力的工具。

以语言为家的碧薇,有方言的胞衣和声带。方言就是语言家里的贵客,是被用来"形容属于/星空的事物"的古老妙法。她"举着语言的火把/照亮自身的存在",力图治疗语言的困境与腐败,力图治疗数字时代所带来的隐患、思想的磨蚀与理智上的心灵无序。"祖母口中住着老变婆、流浪汉、私塾先生、熊和孔雀的城堡/正在数字时代加速崩塌",实则是对当今语言的去神秘化和失去象征的反讽,是一曲对"旧日的语音、语义、语气,以及它们/糖画般勾丝拉线的小表情"的挽歌。事实上,碧薇作为"语言的猛将",她也在努力恢复一种神话和复魅的社会历史语境,亦是想在一种普遍的神话语言范围谈论一种"方言"或"神话"语言,一种"神话思考"和象征交换的语言。这种语言即是诗。碧薇认为,诗的语言功效是"能将人/从机器中抽出来/删除人身上的数字编码/掸去数个世纪强加给人的金属属性/让他们肉感……"。换言之,碧薇是要抵挡身处的社会语境中畸变的符号化表达和令人异化的生存境遇,恢复被符号所遮蔽的真理,去除符号化和金属属性的同时,恢复肉身的丰盈状态。"而思想将如海藻,自由摇曳,与光同呼吸",碧薇寻获了一座辉煌的语言剧场的"静心所"和光中休憩的智慧。

《方言的故事》的终结,"或许我的书写/也会给祖母一个新的生命/她将带着熟悉的微笑,轻轻拍醒/儿童床上熟睡的我/穿透多维时空的折叠,她捎来/一篮樱桃/两把春韭/三枝山茶/四朵青头菌",揭示了某种书写的意义,即"给出一个新的生命"。不仅如此,多维时空的折叠,似乎也因一条"诗的凄清小路"和"一块肥沃的语言土地",有了死者之间的可逆性,有了象征交换的可能性。

杨碧薇的《彷徨奏》像一曲诗的摇滚,有吞吐宇宙和呼吸风云的气势。正如她的诗句"将万物之命门抵在/牙床和舌尖中间",具有一种"山河天眼里,万物法身中"的物我同一。黄金时代和冰川纪造成了一种张力,个人的时间与所处的现实造成了一种紧张和对峙。在命运如草芥如尘埃的人世,一个人除了彷徨,仍有着属于自己的抗争。

"我的虎爪在琴键上砸着凌乱的空音",每个人都可以发出呐喊的声音、呼求的声音。在这里,虎爪的暴力与琴键的美学也构成了另一种暴力美学;它们之间的互相消解与共生的关系,也正是人所面对这个时代的写照。当现实的虎爪砸向你的时候,你该如琴键一样,发出"凌乱的空音"。当我读到"小隐隐于尘埃,大隐无处隐"，我想所谓隐，也就是给灵魂找到安放之处，为灵魂穿一件优雅的"衣裳"，为肉身找到合宜的居所，灵魂与肉体共适，人与自然合一；所谓隐，就是人从众人之中抽身、疏离，从而可以更好地面对自我与内心的神。"一种在所有居所都无法居住的精神可以在诗歌中创造唯一一个它自己的居所和工作地。也许他就是为此而写诗的。"或许，写诗就是把孤独无依的词语聚拢在一处，创建一个温馨有爱的家；写诗就是水落石出而显现内心隐秘的幽微的世界。"人，便是画中会呼吸的部分／人随船而行，画便也呼吸着人的鼻翼里／沁染雪味的新鲜空气"（《行船贝加尔湖》），人，是语言中会呼吸的部分，还是世界中会呼吸的部分；诗变成了有呼吸的肉身，启示肉身的道。有效的诗，是循环不息的启动的言成肉身的活动。这种为美赋诗，"为你们生命中相交的部分／留下汉语的注脚"（《行船贝加尔湖》），也是言成肉身的应有之义。

　　杨碧薇是怎样的一个诗人？她在《当代淑女》一诗中给出了答案。这首诗很像是一幅她的精神肖像和一篇自我解析纲要。她和别人保持着一种反思性距离，"别人追肥皂剧，刷小视频，在社交媒体发表高见／她扎进古老深奥的艺术……"她没有陷入别人和看客的世俗的目光旋涡，做出了自我价值认同和鉴定，"像挂在美术馆里的孤品，她／深邃，超前，昂贵／令人赞叹，无人懂得，无人认领"。《女性的政治》一诗，延续《当代淑女》的议题，继续书写和描述她对女性这一群体特征的精神追求和价值判断。她们交谈的话题永远都是外在的、肤浅的、世俗生活层面的，而无关不可见的、内在的思想世界，永远不关心"你骨头里的雄鹰，灵魂中的海洋和恒星"。这也就是说，杨碧薇不仅是哲学意义上的"他者"，而且是与女性和女性主义相区别开来的"女性的他者"，是与其他诗人和诗人的文本相区别开来的自我的"他者"，与他们"交融与差异"（《枯山水》）。杨碧薇眼中的理想之诗是什么样子的？她的《通辽山地草原》隐约给出了一个答案。碧薇说"那首诗永远触碰不到，只能无限趋近"，恰恰符合布朗肖所说的诗属于世界的尽头，"是'此在'，还未'成可能'的惊喜，是必须从极限开始的一切给予的惊喜，艺术属于世界的尽头"。那首诗的特质是"即将饱和""永远触碰不到"，始终处于一种未完成的状态，意义和光芒还没有满溢出来——这意味着诗人杨碧薇还需将更多的意义与真理灌注在诗中，还将继续行走在真理的荆棘途中，她已经看见"浆果色的核心"。这首理想之诗"把普遍语言的优点和神秘语言的力量结合了起来"（郎西埃语），无论是"马背的线条"，还是光，"最小粒的珍珠"，或者是"力"，"狗尾巴草尖"，皆可窥见这首理想之诗的律动画面感、植物的气息，是一种"翡翠般的净化与甘饴"的玉与水的质感。郎西埃在《词语的肉身：书写的政治》中说：

"使其拥有光辉的新躯体，拥有一种语言：这是将来的语言，是属于完整的躯体的语言，是属于能量得到聚集的共同体的语言。"而碧薇的诗，也具有这样的"诗—新躯体"可以双向互换和转化的写作意图。作者在《通辽山地草原》的结尾处写道，"就像那首诗，它保留的部分，/ 正是我们自身，/ 没有入口只有回声的陌生禁区"；诗与自身是可以并置和互换的，且是一个"陌生禁区"，是"新语言与和好的躯体"般的言成肉身，自足而完满。在《英雄美人》这首诗中，碧薇从十九世纪写到未来的二十三世纪，可以说是颇有预见性的先知之言。"二十三世纪，地球上有没有男性。美人们用新型语言 DIY 人工智能男朋友"，再一次加强了"新语言与新的躯体"之间的"冰等于火，存在同于不存在，语言同于肉身"的"逆喻"或矛盾修辞法。

　　碧薇是从狭义诗学到普遍诗学的一个批评家诗人，深谙从石块之书到生命之书的语言的密道，就像她诗中所言，"艺术家驯服石块，将它们垒成 / 袖手神佛"（《海滨故人》），这就是石块之书到生命之书的诗的见证。碧薇是拥有艺术的可转化观念的诗人，在诗与艺术的互阐中已有丰富体现。诚如郎西埃所言："没有一种诗学可以缺少艺术的可转化观念，新诗学也必然会努力重新思考这种可转换性。教堂是石质的诗歌，是建筑作品和个人信仰的统一，是这信仰内容的物质化：圣言化身的力量。"碧薇之诗有诗性——宗教的、力量的，是言语与行为的循环。

　　《诗人和艺术家恋爱》这首诗，更像是《诗与艺术的互阐》这本学术著作的诗性表述，与语言——世界和肉身相联系的是爱意，与世界——文本和批评家相链接着的也是爱。诗与艺术可以互阐的原因也是其间有爱和真理可以相融通的"道"。诗中不仅是诗人与艺术家恋爱，更是诗学、哲学和艺术之间的恋爱。在诗人和艺术家的对话中，抵达"我们相加，才能趋向无限"的境界。作为杨碧薇，不管将她类比苏珊·桑塔格，还是简·赫斯菲尔德、海伦·文德勒都将是无效的，她只是她自身。不管是写出学者之诗，还是批评家之诗，抑或有没有抵达"最佳阐释者的最佳文本"，最重要的仍然是"活着，讲述，写"（《通州运河怀古》），是揭下语言的面纱，见证自己，见证天地和众生的时刻，是见证自身透明的时刻。"而人的世界，再无扩张的必要了"（《极地边城》），但语言的边界依然是世界的边界，碧薇要靠近"极限的坐标"，是"高歌，孤行，一路向北"（《极地边城》），也是"深邃，超前，昂贵"（《当代淑女》）。

《穿越树木和山丘》

卞雨晨　绘

材料：布面独幅版画

尺寸：30cm×40cm

组章

平原海事

/ 刘康

平原海事

船舶在内陆搁浅，我的朋友告诉我
需要更大的浮力将之推回海域。现在是
午夜，冷风将他的衣衫刮得猎猎作响，
我听到了海浪拍打船舷的声音。如何印证
一个空想家荒诞的理论？我们首先想到了
牵引，用一根巨大的绳索建立起陆地与
大海的关系。其次是借力，在星辰轮转
的瞬间为其引来潮汐。一切都已
想象就绪，我们围坐于野，开始寻找
打造船舶的器具——是的，我们必须先
拥有一艘栖息在平原的航船，才能将
诸多想法付诸行动。夜风从遥远的海边
吹来，我们嗅到了熟悉的咸湿气息，那儿
也有一个我们的朋友，正计划着如何
将他的大船开上岸来

大航海：浮岛

望着眼前庞然的虚影，我和阿冷情不自禁
皱起了眉头，海图上并未显示这里有座

岛屿。海与海的间隙宽泛而又紧密，
一路上，我们绕过大小不一的数十座岛屿
唯独没有见过，未曾标记于海图的孤岛
那么只有一种可能，我和阿冷对视一眼，
脑海中同时浮现出"浮岛"二字。细密的
草甸布满岛身，我们将铁锚放下，任由
湿重的水汽漫过周身。气筏在虚浮的水面
左右晃动，阿冷率先跃上了浮岛的一角
我在远处观望，一种游离于现实的恍惚
让我失神——仿佛此刻我们置身的并非是
浩渺的大洋，而是一面由烟波和棱框
组成的水镜。草甸在脚下浮动，鸥鸟的
啼鸣从四周散开。我稳了稳心神，强压住
心头那阵毫无来由的警兆，一切都美得
太过恰到好处，我必须制止它，在我的朋友
尚未深陷之前

神秘岛

划至湖心，风向开始南转。我们必须
顶着成倍的阻力，才能抵达岛屿
"有没有一种成熟的巧技，可以避开
对冲的气流？"时间在天黑前给出了
答案——沿着水纹漫延的方向，就能
绕到风阻背后，我们找到了新的出口

这并非唯一。回航时，我们大多因
星辰灿烂而忘记了归途，风向
不再往南，我们抛弃了船桨，依靠这
纯粹的星光的牵引，回到了岸边
——一座更大的岛屿，正慢慢显现
我们跨过它沉凝的边界，进入

幽深曲折的内部。风从四面围拢而来，
我们失去了舟楫，却仍感到置身湖心

大航海：回航

五个多月的航程终于迎来了尾声
我和阿冷并肩立在船舷的一侧，不时有
新鲜的海浪冲上甲板。"回去吧，陆地
才是我们应该回归的地方。"我理解
这种悬空后又渴望着陆的感受——浮力
固然让我们挣脱了引力，但日益下坠的
重物却仍旧将航船向深处拖去。没有
时间了，一百六十多天的航行早已将
我们的勇气消磨殆尽。碧波在脚下翻涌，
一支尚未点燃的卷烟瞬间被飞浪打湿
"它就像一头巨兽，根本无意于蜉蝣的
感受。"我欣慰于阿冷的豁然，从陆地
到大海，再从大海回到陆地，数次的航行
印证了我们无数的猜想。就这样吧，
我告诫自己，一条曲线的尽头并非是
回到原点。阿冷又给我递来一支烟，我们
默默地端起，任由咸湿的海风再一次
将它打湿

孤岛荣光

"玛丽亚号"从波兰起航，途经德国、
捷克，最终在波罗的海的一座岛屿栖身
这是一个国家伟大的半径。但现在，
它被孤海中的一粒"礁石"截停。探索
还在继续，"玛丽亚号"拖动着岛屿
缓缓南行，像一枚鱼标，朝着轴线

最初的方向回归。大海的波涛瞬息起伏，
探索者拒绝了这自然的伟力。它要完成
一次精准的测量：证明一粒礁石
也拥有自由的权柄。轴线随浮力回荡，
它已支撑不了海与岸的拉锯。一粒粒礁石
侧身而过，终于，一声巨响迸裂而出
那是斯洛伐克，离开支点后断骨的声音

海王星号

酒至深夜，我们搬到了屋外的露台
把一个酒场从室内移至穹底，需要
莫大的想象。而我的朋友们，擅长的
恰恰是把荒诞融入现实。因此，老 A
在抬眼时看到了两个月亮：一个
呈莹玉色，悬于天际；另一个，在一团
水蓝的氤氲中泛着白光，遥遥无际
我们都相信了他的说辞，毕竟
酒精在麻醉身心的同时也放大了感官
我们将之命名为"海王星号"，一个
只存在于老 A 眼中的神秘光团。为此，
我们欢呼、雀跃，向那遥遥虚空中的
莫名存在举杯致意。"你们看到了吗?
它正朝我们疾驰而来。"一点亮光
在他眼中越来越盛，直至溢到眶外
明媚的气息扑面而来，我们都感受到了
投射，那是信仰破碎后又重聚的回光

云　图

电话里，阿冷向我描述此刻高原的天象：
天幕低垂，彤云涌动，玉龙雪山的尖棱

就要刺破穹顶。走出车站，热浪袭面
而来，因为气温的缘故，我没有看到
悬于头顶的浮云，但阿冷所说的那种
压迫感却感同身受。或许天幕的确
正极速坠落，只是我身处平原，海拔的
落差尚未印证到我的感官。周围是
林立的高楼，但缺失的安全感仍未得到
填补，它们会像山脊一样抵住下坠的
天穹吗？电话的两端是长久的沉默，
呼吸声此起彼伏，我们谁也没有提前挂断
"我曾无数次身临这样的奇境，但总有
更高的山脊在我们目所不及处支撑住
这股力量。"一切都是徒劳的想象，
阿冷的话像一记闷雷让我从混沌中惊醒
幕布早已披到了我们身上，只是穹顶太高
我们还没从错愕中回过神来

搬　山

去大理运雪的人还未归来，天空就下起了
薄薄的细雨。我不禁为他的归程感到担心
——负载积雪的车辕能否安然抵达？
雨越下越急，一座移步而来的雪山在我
脑海中缓缓融化。搬山的构想已然瓦解，
但运雪的归人却浑然不知。灰褐色的
篷布下，一条大河正在他的车厢内
左奔右突。这是雪山崩塌后的情状，一种
围困于尺距之内的强烈对冲。运雪人
冒雨疾驰，他要赶在雨停前掀开篷布
显然，他也感受到了身后奔涌的寒意正
一点一点融入雨水。时间已然无多，而
前路依旧迷蒙。那个等待接雪的人还

会不会如约出现在路口？这也正是我
忧心的所在，一座雪山的脊骨还未挺立
就已坍塌在了他的车辕

一个悲观主义者的太阳

当光照从山的阴面绕回阳面，那就意味着
一个以“天”为单位的时间测距迎来了终点
我们从湖的一侧回到原点，沿途是被
骄阳炙烤过的灌丛——它的枝叶有些微微
蜷曲，叶缝间的寒芒被包裹在阴影之下
我感受到了丝丝若有若无的敌意。这是
通往山阴的必经之路，太阳已从我们的头顶
滑落湖心。还有什么值得计较？一段
间距的终点就在眼前。我们埋首向前，
怀揣植物们难以揣度的心思，赶往
下一个太阳将会升起的地方。晚风携裹着
星辰呼啸而来，植物们张开蜷缩已久的
身体，锋刃在月光下寒芒四射。我们终于
来到了路的尽头——一座被大湖没过脚踝的
山体。太阳就在它的身下，我们亲眼见证了
一团烈焰熄灭时的悲壮

云　帆

从奁山脚下出发，往南上坡，有一座
松柏亭，我们约好了在这里碰面
赴约之人迟迟未来，我猜测他是因
俗务缠身而耽搁了行程。必须给予
更多的谅解和宽宥，去容纳一次
伟大旅程的小小失误。孤山深处我独身
而上，星月已在山巅等候多时，与之

相连的则是万顷辉光下的茫茫云海
接引我们的舟楫是否就要靠岸?
目所及处,点点山头如礁石林立
我突然明白了同伴爽约的缘由,还有
比衾山更险峻的存在,松柏亭中,
我误判了登顶的极限。几只夜鸟从
头顶飞过,落在了云海上空,那儿有
一艘泊船,我的同伴就在其中

观影仪式

我们没有大声喧哗,甚至在四目相对的
刹那都保持着动物的警惕。妻子把手搭在
座椅的一侧,我们之间隔着一根可以
活动的扶手,但谁也没有主动将它抬起

爆破声从银幕传来,人群中陡然发出
一阵惊呼,妻子把手放在唇边,示意我
保持静默。我用余光扫视周围的情侣、
父子、闺蜜,或是一些我尚未明了的关系
——不同的表情在各自的脸上互相转移
他们都很专心,以至于忘记了影片开头的
提示。妻子拢了拢手,逼仄的环境让她
感到一丝压抑。这是整个影厅的最后
一排,窃语声如同雪花般向我们涌来
还有更后的退路吗?我摸了摸身后冷硬的
墙壁,一道强光从银幕弹射而来,我
触电般收回了双手。人群开始消散,
我和妻子缓缓起身,朝着相反的方向
汇入人流,那儿有且只有一个出口

龟　裂

巨大的裂缝从夜的一角向下延伸，我的
母亲还未回来。雨具在墙角摆放齐整，
出门时她并未想到雷雨会来得如此之快
我想象她在雨中寻找屋檐的情形：雷电
在身后奔跑，前路被暴雨遮挡，一个女人的
无助在夜的缝隙里越来越小。这是我的
母亲，一个卡在裂缝里无法动弹的母亲
我要接受她的狼狈、弱小，和绝望里的
倔强。我要沿着裂缝向幽暗里的困境
递去绳索，并告诉她，暴雨已经漫过了
屋檐。我的年轻的衰老的母亲，在
预料之外的年纪遭遇了这场迅捷的暴雨
裂缝从她的眼角开始蔓延，越过爬满
水珠的双手，截断在了这个雨夜的深处
不能不爱这场漫天的大雨，和它头顶那张
巨大的豁口，我的母亲来自那里，在一个
同样幽深而充满希望的夜晚

游园须知

东门的柘树，有一千两百多年的高龄
树冠下，是两个王朝兴衰更替的虚影
你要避开那些刀光和剑影，像卜定晴雨的
蚂蚁一样，沿着树荫的边缘绕行：
向后，是汾水下游的分支，百姓们曾用它
招待过凯旋的将士；向右，是起伏
绵延的桃林，这里曾是忠魂埋骨的冢地
青山蜿蜒，不过是河山一隅，爬坡时
要留意脚下的石阶，这些嵌入山体的硬物

原本就是大地的横骨。现在，我们
踩踏其上，感受到的是绵绵无尽的托举之力
身下，是如织的游人；头顶，是亘古的
长空。鲜有人会在游园时选择登临
那种浩渺如粟的孤独感会让你顿失心神
我们侧身而返，避让开那些怀有同样初衷
的人们，他们依旧向上，向上，越过
我们的极限消失于云雾

（选自《江南诗》2024 年第三期）

永恒与一日

/ 周鱼

婚　姻

在这广阔无边的世界上，
她，是与他，而不是
另一个人，

躺在同一张床上，渡过
时间之流，在
每个夜晚，就像在

末日，在往生的
神圣大河上，是他们两个一起
乘坐在同一艘

小小方舟上，她咬一口
苹果，再递给他，他再
咬一口，从现在开始，

彼此分享他们的罪与德，
同一盏灯从上方照耀
他们，在到来的每个夜晚

和会到来的每个季节。
他们开始一起数数，
倒着数。

早晨，以及

二十岁左右，
两个女孩，一前一后
望向车窗外。
还有许多风景都将令她们紧张，牵动
两对纤弱的
而富有弹性的目光。

她们在安静中迫不及待。
已经浑圆。两颗早晨青色的水果。两片
未许诺与未被许诺的光。
未切开过。

等待着刀锋。那尖利
而精美的刀锋，迷人的刀锋。

让纤维裂开，将果肉的芬芳
敬献给果园的
未可知的刀锋。

而后，是她们重复的果肉和疼；
要到很久很久以后，才是
核。
落进午后和黄昏的
泥土，切尽真实
而来到内部的
哑光的核。

像一抹微笑。

永恒与一日

当它第一次
从我体内最深处淌出，红色的
汁液，我怯生生地第一个告诉的人
是你，你，一个女人，一个母亲。
你在那时对我传达祝福：
"祝贺你，你长大了。"
很长时间里我并不清楚这猩红的，
循环的，在一些人眼中
是不洁的，甚至是愚蠢的证明的物质，
这每个月都会给许多女人带来疼痛的
潮汐，它究竟为何会
被称为一个美好的礼物呢？
我想你有时并非不憎恨它，像你
如今所表现的那样，诅咒
糟糕的日子，诅咒你自己和我，预言
我要步你后尘。但你也许记得
那一天，你脸上溢出的微笑，
我们的脸一起潮红，我们拥有怎样相似的
耻辱，就也拥有怎样一致的
被祝福。你曾经注视过它，
自信而不含偏见。并在那时
希望你的女儿也看见。那天一首曲子
无声地环绕我们的属性，它汩汩地
流淌，从最深处，
也是最中心的地方。我现在知道
它赋予了女人以唇，
以乳，以器皿，它赋予了夜晚最深的花茎
与黎明的玫红。它赋予了

女人以山谷，以雀，以风，以
一处源泉、一封信，一封可能被写坏，
很可能被写坏，
却永恒的信件的
第一行。圣洁的
第一行。

重　演

我欠我母亲的记忆，现在将
完全相同地重新上演，只是这一回，
我成为债主，而你开始亏欠——
你将尽可能地像太阳花朝向
未来生长，把你生命
开端的这一切忘怀，而我将
记得更深，如同纪念一个上帝的礼物
在时间中被偷盗。我将如同
年轮长在树心中那样去记得
我们在这阵时日中相互的交会，以
身体和身体——我的手触碰你的手你的脚，
它们时常泌出黏糊糊的汗液，泌出
高贵的原初的汁液，我的唇触碰
你的额，那里宽阔如同河床接纳
我渺小的鱼跃的喜悦，我的乳
触碰你的唇，你的吮吸是一种教育，启示我
乳房之所以是乳房，我的手触碰
你的肛门，每日清洁它，在你
便秘时给你涂抹肥皂水，等待着它
奉送奇迹，像等待一曲福音颂歌，
我以我身体的局部触碰你的整个儿，你从
水里出浴，我托举起你，举起我的小太阳，
将你贴紧我，你这完全的生物的袒露

是一种深刻的嘲弄，我们被遮蔽的罪
可以在你这里忏悔。我环绕着
你的运动而运动，整日不停旋转，
我总在尽可能地消耗自己，然后又不断地
重生，不，应该说，你神圣而纯洁的轨道
总在不断地消耗我，又不断地
赐予我重生。

重要性

就在这一刻，人类有许多伟大的事情
在发生，在教堂、美术馆、法院或
政府大厅里，但我的窗子关着，
不祈求他处，我在给
我入睡的孩子扇扇子。
我守在这张床边，我在我此时的位置上
感觉着上帝。
汗珠在她的额头，像紧急的密电。

拍掉我手背上的灰烬

夜晚的安静可以是
残酷的地狱的燃烧；
夜晚的安静也可以是
耳朵找到了渴望的天堂。
我身边熟睡的小人儿，
也请带我随你呼吸的
节拍，去你那儿，
让我拍掉我手背上的灰烬，
让它重新洁净、轻盈，
如同置于红色的丝绒上的白玫瑰。
玫瑰依傍玫瑰，

母依傍子，
大手放在小手上，
那一瞬间，我在想着
我的手放在《圣经》上的样子。

清晨是一位少女

清晨是一位少女，踱着细步，
头上的白色茉莉发夹泛着微光，
走过由过劳的赞美管辖的街区，
遇见疲惫的人，他从一个舞厅

走出，将面具丢进年老而缄默的
垃圾桶。办公室里，时间是一位
瘦弱的先生，倚躺在沙发上。
人们昏睡在他零碎的呓语中。

树是黑的，道路是白的，
耳朵是黑色，眼睛是白色。
一条狗四处乱窜，却不迷失，
为了寻找一张世界的相片，

将身处其中的底片置换。
清晨是一位少女，她徘徊在
酒店旋转门的旋转中，"什么被
遗失，什么就被找回"。

母语建造了一条莫比乌斯环。
女人是一门宗教，
而破碎注定向她们飞来。
她悄悄将手臂上的伤口包扎。

友情困在塔楼崩塌的
碎石之中，爱情一阵慌乱，像
一群乌鸦的影子。男人们
拆卸巨人的四肢。可是

孩子们依然从后门走了进来，
他们依然会沉浸在新一轮
伟大的拼图游戏中。
清晨是一位少女，

她打量一朵玫瑰上的
露珠，打量蚂蚁，打量
山底的一片清凉，晾晒在
竹竿上的衣裙，路面上

一道快蒸发的水迹，所有
瞬息之物。枪声从聋子耳膜内的
街道传来，他会在斑马线上
忽然停住脚步。在一处

隐秘的拐角，一位盲人
在为一群衣冠整洁的人指路。
哨声还是会被吹响。房屋依然
会像退烧的女儿，褪去汗湿的

外衣，踮着脚在微风的静默中。
她的唇依然会在正午感到干渴，
她依然会向老人打听水源。
一阵紧促的弦乐，拢住她的思想。

一曲评弹里，一所空房间，在
两次呼吸之间准确地开门。

当清晨成长为黄昏，一段湿漉漉的
斜坡，依然插在两排旧房之间，

孩子的铁环经过时间的暗道
滚落至此。一个女人
依然会出现在那里，在一个时辰，
傍晚六点，或者六点一刻，

拿着水桶，她缓缓走向
生命的大海。它深藏着沉船和鲜美的
未知。她灰色的鬓发上依然别着
少女时期那枚永恒的茉莉。

（选自《江南诗》2024 年第二期）

八 芥

/ 冯铗

惊蝉图壁里

组装红漆木头，类似于
在新开业的店门口摆花篮。
捧场的人马上就到了，
隔壁滋滋作响的焊工还不肯
停手。他补好了两块钢板，
令它们叫声如雷，还想
再接上斗篷。那整整一枚
最终仍要受损于火花的器官。
五金店里，他多么认真，
像一个手持电除颤器的医生。

草蛇伏持中

门前的万年青被早早地
请下了台阶。一摊影泄了底，
显示她刚小哭过一阵。
位子实在是不够，吃五谷的
嘴实在太多。一大群老麻雀
蹲在堂前横杆下，大谈
儿子升学、女儿相亲、孙子

急吼吼破卵而出。那么些
有力的腿脚啊，灯泡后
只有一条悄悄拖出的竹叶青。

翻板轻起底

可以落雨了，系绳的塑料皮
已在树梢下绷得很紧。
长手长脚的中年人几乎只依靠
一张小板凳就将自身折叠。
一律以泡沫板打底，满堂红绿
抖起来像晃动周身的砂粒。
他叼烟谨慎，远离易燃的人世：
自家人，也算省下一笔。
什么时候该起鼓点？三界不安，
犹如黄纸在小火盆上支帐篷。

戴冠沉脱空

切记，过马路仍要十分小心：
不可大恸，不可因一身明亮而
草草涉水。避过那三两个
身披羽毛之徒，装作看不见
尾随的小灰蛾。如今，可以将
纸帽子悉数摆上行道。仔细瞧
旧主人烟中唐突的黑面孔，
潦草的老胡须，顷刻就坍陷的
圆戒疤。小和尚们有的
用它烤手，有的用它点烟花。

拦街过黄鹤

路障其实就是一整条放倒的
长凳子。从大货车上，
男人们搂碗碟卸木桌，依次
吐出火气。这里只有一家
卷烟店亮着灯，老族长儿子
同轿车司机争辩半是骂街。
趁着桌上洗牌，一个红衣服
指名要买黄鹤楼。小姑娘
终于抢过了计算器，她弹拨
多个数字，一直按着归零。

开市放白枞

布织成的白头发撤得很快。
清早，它们随着天色一并就
青了。这日雾气浓重，
停车场车影稀薄，食品店里
干瑶柱和荔枝全都发软。
哦，鞭炮口齿间坚硬的叫声，
只是一串哆嗦。满地碎屑
不可再听。她蹲着，像只困于
红藻的瘦螃蟹。喜糖袋子
如小鱼苦张其嘴，久候投喂。

老木作新塔

大锅里正炒菜，一个小孩
正对着长满芜菁的菜地大哭。
为何他不被允许品尝指尖

残存的雨水，水塔闪闪发亮
的外壳却饱含寡淡？它根本
无从谈起的凌厉尖顶之下，
县城里遍布榫眼——这世俗
松动的密槽。只有不多人
不必去填：他们开闸放虎，
往池子里投入砖块般的酒曲。

暮吹换晨钟

这里坐着的，尽是些以天地
为八仙桌的人。披黄袍的
是道士，戴口罩的则属远客。
把两扇房门闭得紧紧的
瓜子，其实咔嚓一捻
就掀开了他身上咸味的脆壳。
台上，白面捏作的尖碑
依旧保持了热气腾腾的端庄。
那样粗壮的蜡烛哟，人们
几乎想不到她流尽的那一晚。

（选自《当代诗歌》2024 年六月号）

美的修辞

/ 拉玛安鸽

观山记

有时我会瞥见——
停在手里的和平鸽挡住整个北方
荣誉和傲慢高踞的山脉轰然崩塌
热爱的词语绕开蔷薇相继出走
植物并不褒扬善也不再惩罚恶

也在一次远眺中，看见——
一只未名的鸟儿，携带族人的空谷和胜意
从群山的栅栏降落，只用顷刻
掏空我一平方米的重力。鸟儿离枝
于是羊水破裂，繁星诞生
脚下的种子，终于冲破土壤

我熟悉这样的自己

我熟悉这样的自己
和你，整齐如湖面
作为众生的脸庞之一——
为粮草摇动尾鳍
因受惊而荡漾

为喝水而奔走
欣喜时，体内的水层随电线杆晃动
悲伤处，在活水的咬合口迸发星火

总是如此，一只脚深陷
另一只脚，踱步于坦途
唯有凝望，耐寒的植被
和树丛。它们在静处
淘洗过，我所相信的事物：
本世纪的母亲
下一季的麦田

去相反的事物中找盐

人的命运被诸神切割
哲学的邀请让思想的门窗
紧闭又敞开。语言超出地平线的部分
让苏格拉底饮下毒芹汁
让猎人和巫师涉水而来

炉火供养语言、神灵和农业
长者们四面围坐，我奉命
抓住词语。在海神波塞冬走后的冬天
用先祖上山狩猎的姿态
走进人群，去构筑文字的理想国

更在父亲和母亲
两颗相反的心脏之间
追随意志的藤蔓，凿开冰面
去相反的事物中找盐

美的修辞

长椅慈悲，聆听遥远的声音
和不同的时代碰头。她带回了
那日的夕阳。不知觉间也有了白发
这让我想到美，想到一个
面容相似、旧年里端坐的女人

院落消失。女人在彼处伏案
窗外是深浅不一的绿意
春天，踏着人们眼睛而来
流动的生命，径直走到枝叶之间
花束和人们，都对空排列着自己

想到另一种美，应该是生活不经意
捕捉的一些片刻。静静地从眼前走过
不可预知地降临。无法长久触及
召唤而来的，是全然的倾听、接纳
紧紧怀抱的注视、梦想与莫测

梦的短篇，它不迎合你
也不回避你。无法止住你的渴望
祈祷中呈现万物，或相反
呈现：万物对你的主宰

村庄老去

在这里，许多族谱里的亲人：
拉玛、布则、尼宁、活火、约玛……
还有写族谱的人
都已与树木长久地同眠

在这里，只要我唤一声"阿嫫"
群山便会给我怀抱
星群会为我举起火把
燕子也会飞回到院前的围栏
在这里，空中的鸟儿
正寻着自己的幼鸟而飞翔
一些年轻的母亲，安抚着
她们怀中哭闹的孩子
我看见，门前老树
吐着新芽，浓荫匝地
那些我们所失去的
正在孩子的眼睛里获得

（选自《星星》2024 年第 6 期）

牧野的诗

/ 牧野

彼　岸

我来到河边，是要到对岸
去见一位朋友
我这位朋友
早年和我有约
老死不相往来
但我还是想他
想看看他现在的样子
听听他会说些什么
多少次，我来到河边
对着河水发呆
多少次原路折返
已经记不得了
我知道他
他是我
就住在对面的山林里
只是不能确认他是否还在

消失的猫

一只猫做了另一只猫的替身

一天到晚，喵喵喵

多了一声，烦恼

少了一声，它也烦恼

很少有那么几天

它居然做到了不多不少

而另一只猫，一声不吭

趴在了地上，先是

看着自己的影子消失

接下来它用借来的舌头

舔去自己的尸体，不见了

镜子里的猫

再有一只猫闯进来，已是

多年之后的事情

这次它换了一身皮肤

一天保持三次

藏在卫生间里照镜子

镜子里的猫

看上去不太像是它自己

每次开门出来

总是得意扬扬的样子

挺好的，你说是吧？

它是一只猫，它再次属于你

转　世

他走到转世的门前，忽然扑倒在地

一路护送他的人，不见了

他试图爬起来，但没有成功

一只高跟鞋

钉在了他的背上

他明白，一切都完了
那个并不存在的人，现身了

造　句

为了表示对大海的蔑视
那人把大海扔进了池塘

他　人

他用第三人称，为个体的单数
造就了一个空中花园
那个写入花名册的个人
显而易见，已不再属于
户籍簿上的他人
他让一个他人
在黑夜的空中值班
如果点到了并且是你的名字
请从地面轻浮起来
感谢你，你因孤独而宿命
不愿与上帝同在——

香　水

他向见到的每个人推荐
看看电影《香水》吧
你能够嗅到巴黎少女的体香
他要了杯咖啡，袋装速溶的那种
嗯哼，味道不错——
他想起伦敦街头的马克思
一边沉思，一边坐在咖啡馆里
恩格斯推门进来，收了雨伞

匆匆赶过来买单

此刻，他病在了床上
胸口隐隐作痛，时疾时缓
他不知道那条遗失多年的德国牧羊犬
怎样穿越雾霾包裹的城市丛林
解开密封严实的玻璃幕墙，然后
然后跳到了他的床上。他假装死去
像是第一次出台的海归少女
心跳加速。他索性闭上双眼
让一条狗从头到脚，一遍遍嗅来嗅去⋯⋯

不能怪它，它是一条狗

那谁家的狗又开始叫了
这一次叫得
是有点不那么猖狂
很明显，它嘤嘤唧唧的叫声里
带有一丝被羞辱的哀号
它不由分说
直接扑了上去
不能怪它，它是一条狗
一时领会不了
它的主人已预感——作到头了

时间里的客厅

一个人回到了一个人的处所
他会看见时间之中的
任何人。不仅如此
他还会看见所有
可见的不可见的事物

都在他的家中，谈笑风生
并非出于不可言说的沉默
让他拥有时间里的客厅
唯一能够说明的
恰好是他自己
也正如你所说——
非常荣幸，我认识几位死去的朋友
我们常来常往，一点也不陌生

造景师

/ 莱明

海　上 [1]

夏日出海，船是钉在雾中的一小片屋顶
自陆地漂移——"地平线在哪儿呢？"
风浪卷起白刃刺向船体，而船，更像是刚逃离
危境，依附潮水的推力，从海底跃出海面，
穿越燃烧的雾，直抵沸腾星座。
驯海的人一手擎住缆绳，一手扶住船舷，小心翼翼

——雪崩般的面孔复刻着水中奇景。

低　飞
——为克里斯·夏玛攀越埃斯庞塔斯而作

海风吹拂鼓起的肌肉：像一张弓
身体绷紧等待着把崖壁弹射出去。
向上。噢，向上。一声怒吼，
克里斯·夏玛乘风越过海岸线，
当骨骼正在变亮，当陆地从手掌中升起
埃斯庞塔斯——心灵的马洛卡岛

---

[1]　该诗为题沃尔科特诗集《奥麦罗斯》封面印刷油画而作。

跨越一次巨变，等待奇迹
像大海飞翔在一个人身体的风暴之下。
云雾堆砌峭壁，沿着攀缘的天梯，在岩石间
渗血的手指沾着镁粉，

如同梅花开在雪地：

一个人曾是一道斜坡被系在波浪间，低飞。

造景师

第五次失败中，你对隐居
有了新的见解。假山新鲜地倾斜着
有时候，鸟来得更迟

用斧子取走皮肤上的噪声
其余的，都是寂静。仿佛醉马
咬伤苹果树，下一场雪

另一种情景在星期天。危险
醒来，剥开词语的外衣
许多耳朵在变形：风燃烧着——

把问候带到泥土以下
用水调和，砌成菩萨形雕像
——时间是坚硬的艺术品

再种几棵核桃。修水池
被雪覆盖的年代，激情消退
鱼，在土地里游泳

接着，颜色被带走。大海

你看见什么？愿不愿交换彼此肉体
作为另一个，享用他的权利？

雾

玻璃雾：轻盈又隐隐可见，
像火的重聚，不带掩饰地、庄严地自我袒露；
卷起，复又展开，不过是再次显现，
将白色注入体内——赋予形。
它就是此刻的中心？一天，我从码头来，
看见自己是雾的形象，
（静为雾骨，动为雾足）倒挂在
船角，聚集、反复：凌空的天性
被光线擦亮。瞧！一次尝试
雾却改变着自身。它就是在那儿的事物。
易碎，但精于修复。
变形，为每一双眼睛识别。
如一位诗人写道："我重又找回我身边的面孔。"[1]
雾让我沉静下来。仿佛那里真有一个静的中心。
　　　　　岩石肌肉
从其底部升起，在空气泡沫翻涌的堤坝，
沿着歧义的路自我循环。它是镜子，
任其有限对抗着空间的无限。
——多么富于想象的举动。
雾折叠着行进。风鼓动
泥土的帆，冒险在临海的
树的悬崖下。
半个海斜插进土里，一片雪白。
不必风暴，不必引力，
雾落在飘忽不定的奇迹上。

---

[1] 引自苏佩维埃尔的《万有引力》。

——它赋形，"借助于真实的凹凸不平"。[1]

海

误认作是我的一张面具：滑动
低低地压进岸边树枝、泥土和石里；
像词语，沿今夜跋涉的路径
抵达物体边界。
——每一处都固定，又都在微微变化之中。
仿佛吊起下面一整块陆地。
它生成那儿的一处风景，悬空弧形
曾被裁走，装进书册、旧地图
和一次性罐头。
但更多浪涌来，填补了这画面：
一座水分子博物馆。
我该怎样停下来看它，
把惊动的海角锁进我年轻面孔的牢笼？
"二十五岁的小小领域：
海里有一个海，
海的梯子上叠满了船。"
——看
那正骑在变幻木制浪头上的猎手：收缩、拧紧
低空的星。海赐我海的电动身。

南方的海

"大地上的一道光
开始呈扇形打开、扩张。"
——希尼《维特鲁威》

---

[1] 引自苏佩维埃尔的《万有引力》。

我们的旅行：
克服阻力向小镇运送身体

和眼睛。雾一早散了
露出清澈的屋顶，

像鲸群搁浅在山脚，
片片深蓝及丰腴。

很快，汽车就带我们到达目的地。
一条线，没有更多的攀爬及迂回，

海飞过来
水的巢穴。

（还有谁在阻挡我们
成为这里的侵略者？）

海岸线被手臂猛烈地摔出去，
为一次海鸟的滑行圈定轨迹——

将是一朵浪
死在我手里。

十月，不寻常的季节：
我们的力量停在水面，

当有船只靠近，海就
降低它的高度缓缓后退。

一切都谦逊得可怕，
没有装饰性的水滴

被推上岸，没有深海鱼；
我们都待在自己的位置

不逾矩，不因一次心动而失礼。
湿漉漉的海滨小镇，

风吹拂游客和当地居民，
吹拂你如马头琴。

你跳上一块礁石，挥舞手臂，
向海妖的诱唤泄露自己的名字。

但我确定一事：
你就在我的视野，

在南方秋日新鲜的海岸，
像死亡，临近却不断远离。

一切都是真的。一切都是水。
多年后，盗海人骑走了大海

——缓行。
——狂奔。

他们擅长骑术，
无须一根缰绳。

在圣地亚哥看海

一直延伸到玻璃下的餐厅，
垂直，且不再是平行的水面

悬挂着，半个人高的风暴口
直到被视线完全冻住。

你说，"海获得了海的平静"。小帆船。内部。
俯身岛礁的人，潜入
层层浪底：蓝色的液体钢琴，
一排互相挤压的光之旋律。

"如何让一座海立于另一座海之上？"

对视中的大海如祭台。
旧码头和铁船搭起的
临时海岸，溢出的潮汐
重游回至这里。"海获得了海的平静"，
并在退缩中获得更宽阔的领域，

"自然复制艺术"，且过于真实。

慢花园

来了几个人，盗走了花园。

妈妈，我借用记忆
一次次探向海底：
我看见，一条鱼顶着它，另一条鱼
顶着房子，一只贝壳顶着喜鹊。

你刺绣一场雨，妈妈。
蓝，
天空是我身体的一部分，铺盖的低云
又跑过积雪。在你囤积海水的夜临近
山峦退潮的时刻：

　　　　液态的马，
　　　　液态的船。

　　隔着栅栏，夏天厚一尺。

小事诗：看海

　　　　三个人，三张脸。
　　　　六只年久失修的耳朵，
　　　　围住大海。
　　　　波浪
　　　　细细地，叫。
　　　　你且看，风叠起海的腹肌：
　　　　一种向上的力，层层推进
　　　　直抵
　　　　沙之边界。
　　　　仿若蕾丝束衣，勒紧
　　　　露出曼妙身姿。
　　　　是。海竟是这般性感之物，
　　　　不羞赧，
　　　　不禁止。
　　　　又企图锁住我们双脚，
　　　　倒挂在波浪尖端。
　　　　如铁器，击向
　　　　更坚硬的礁石。
　　　　此刻，我们兜里揣着葬礼。
　　　　随时摸出一截潮湿的墓碑，
　　　　戴上海的头顶。
　　　　这是进入海
　　　　庄重的方式。
　　　　犹如鱼群忧伤地进入捕鱼人的网。

——海天一色无纤尘，皎皎空中孤月轮。
波浪竖起来，
细细地唱。
我们身受重伤，跳动着
拥抱它。
你且看，海
怎样缩进海这个词。
而船，系在谁的脖子——
成为此世的鞭子：
抽
打
着
海
与行星。

看孔雀
——为小外甥女而作

平凡生活中的喜悦，是多么纯粹
当小外甥女拉着我去幼儿园门口看孔雀。
玻璃围起来的一块空地，
她笨拙地领着我爬上台阶，仿佛
一双演奏音乐的手，在推动
一座斜坡于宇宙深处滑行。
期待了多久啊这个时刻，她叫着
孔雀开屏，像新年里的烟花
绽放在它的羽毛里。
这被搬进身体里的火焰，图案轻盈地
翻涌，泡沫堆起彩色的云。
它的羽毛滴着水，
编织着，成群的细流进入眼睛——

她瞳孔里有一座海被冻结而未完成。

移动的墓群

初夏，月亮发了新芽。你劝我，去海边隐居；
波浪搭起的房子，啤酒花一层一层。

像三角形和四边形的海怪，住在礁石里。我们
攀上树巅，并没有妨碍海风对沙滩的塑形。

有一些日子，船升上月亮，月亮升上树巅；
我们无处可去，在水中练习吵架。群鱼败退。

这并非不是好事。我说："就一直说话，这才是
我们该做的。"一天结束，我们仍爱着这一切。

而那些词，一座座移动的坟墓，漂在海里，
极速，无惧。我们吃月亮，也吐出月亮的皮。

（选自微信公众号"望他山"，2023年4月4日）

命 名
/ 宁子程

向 西

这是一个描述不是隐喻。
她从不打开向西的那扇窗户，
尽管日落也很重要。
对她而言。她从阳台上看它，
在有夕阳的时候。
事物间有起伏，如同齿轮，只不过不是人造的。
他们看见过落日吗？
有时她只是体会。哦她的住处
在某个位置。
由东而来，向西而去。在一些地方转弯。
停留。短暂地。至于长久，
就像是水潭——
在命运之上她平行地移动。

秘密语言

我楼下的院子，他们把它改造成儿童乐园。
剪去茂密的灌木，在草地上铺上塑胶垫子。
流浪猫也不再来了。
许久之后我意识到这是内心的景象，

但我说不清楚。宁可让语言隐藏其中。
一层。两层。
奢望你是解读的人。

魔法形式

每天早上或晚上，她都打开手机
听塔罗占卜。他喜欢你吗？未来
一定会发生的好事？你正在吸引
怎样的人、事物？
她一边听一边洗脸，吃东西，或关灯
睡眠来临。
有时手机会一直亮到夜里
她醒来把它关掉。
他们把这称作成瘾，她知道。
一个预言成瘾者。
这某天会停止下来，就像她戒掉香烟、
花生、男人、瑜伽……这些魔法仪式。
从新月到满月，到消失。

红盒子

我们在外面吸烟，
吞食尼古丁。我知道
我邀请了什么样的东西
来到体内。它今天早上还在。
使我郁郁寡欢。

但我睡得多了。并且
没有梦境。
我们仍然在世界的两头纠缠。

请把时间都用在这里吧。
紧紧地
粘在那盒子上面。

远离硬冷的人。

故　事

深夜十一点，我们坐出租车去德里。
摩托借给旅馆老板。
"嘿，我一直想说你的脸很有吸引力"。
"谢谢！"他兴高采烈。
车在盘山路上穿行，吐了两次。
慢点慢点。司机不懂。
他开得也十分高兴。

昏暗中我看见一个东西。像是沙发扶手的一角。
它是那么温柔、稳定。
沙发扶手。为什么呢？
然后我昏睡过去。直到
车停下来，在路边的奶茶铺喝茶。
我的手发抖，奶茶是烫的。
他们看着这个中国女孩。
好了，上车，走。
清晨我们到了德里，在小巷放下行李箱。
天还没亮，熟悉的雾蒙蒙的味道。
为什么呢，沙发角？
那时我祈求药物来着。

光　珠

一连串的光珠，下午在地板上。
可能在暗示着什么事情。

偶尔我会这样想，然后用力地注视它。

我也想这样对你说话。
只有在这个时候我才特别悲伤。
语言。
要是没有就好了。
那样你会发现，在他们之间
我的话最甜美。

那是百叶窗缝隙的光珠。

A 面

人要求我强悍起来。
人要求我不得敏感脆弱，把它露在外面。
人在我胸口蒙上棉花，用来隔音的。
人，人类。
变成渴望。适切的无能。

·

1201

夜里我看见黄色的光。
一度以为看错了：也许是谁在打着手电。
于是我侧身，看了又看。
天花板被照亮了，
我的脸也是。
不是手电。也没有别的人。
只在那片小小的地方，它涌动着。
意味着什么？或者，是否真的有所意味？
我又继续躺下了。翻过身去闭上眼睛。
没有光了，剩下黑暗。
在那里默默地想，我被爱着。

自　语

想有一次好的睡眠。
无梦，柔软，下沉到不知哪里。
上一次已经很久远了。
但它发生过。
它把我带回那间屋子，墙上挂有衣物，
门和窗在雨季会膨胀，变得歪斜。
我在那里睡得很沉，至今还是一样。

命　名

旧的我没有死掉。
我完全知道。
它躺在那儿奄奄一息，
思索着活的可能。
也许这样或者那样情况就会不同。
事实上不会了。所有的情况都一样。
所有努力的意义都一样。
唯有死是来自天上的。
声音听起来微弱。

它

猫抬起头来看我。
它的瞳孔放大了，变得湿润。
"你爱我吗？"
当然爱。不可能不爱。
它们对我来说永远都是恩赐。
他们很少是。

巨　兽

我的猫，我一直不太懂它。
另一只比较好懂，因为它很像人。
这只猫像猫，并且只想做猫。
那样的话，我就不懂了。
有时它远远地看着我，
确实像在打量人类。
对它来说我是领地里的一只巨兽。
不是妈妈或者亲人朋友之类的。
多么伤心啊它一个月时
还在我袖子里撒娇。
后来便开始只做自己。
我只能把它看成是猫，这很难捉摸。
把自己看成巨兽就相对容易。

（选自微信公众号"精神食粮 MentalFood"，2024 年 5 月 22 日）

小世界

/ 青未了

小世界

1

清晨，洗漱间的镜子里
我脸若桃花
昨夜好梦到南城
你折枝
你在雪里

2

悲伤中醒来
我检验我的伤口
春天了
它们蓬勃的样子使我不安
青青紫紫
仿佛
坠落的花瓣

3

很爱自己的时候
给自己买几件好看的胸衣
穿上后
一遍一遍地看
直看到
忧伤像野草一样从身体里疯长
很爱自己的时候
便会恨自己

4

我身体里住了一万个美人
一阵风吹来
美人们摇摇晃晃
在男人稀缺的世界里
美人捕涟漪
下雨了
美人就捕雨滴激起的涟漪

5

走在路上时注意到
因为悲伤
我变得与众不同
这奇怪的感觉
将我抛在
人来人往中
多深切的自卑
而小时候我不会悲伤

只会哭泣

6

我从外面回来
开始无所事事的样子
雨停了
阴沉有风
我从外面带回来的时间雾一样轻薄
现在我躺在时间里
不回忆痛苦
偶尔有几声鸟鸣
落入耳旁

7

下了吗
当我从床上跑到院里
仰天试探
有什么落在脸上。天太黑
我无法证明
重新躺下
听到噼里啪啦
我确定是雨。随即无声
我怀疑是雪
怀疑一旦产生并深信不疑时
不管下不下雪
世界已然一片纯白
我在那
必定身穿洁白
等着融化

8

我盯着一盏灯很久了
忽明忽灭
我多像那灯芯
只是阳光强烈地比照着
根本看不出
是燃着的

9

雨不算急促但凉是急促的
电动车迎着风，夏到秋一瞬间跨过
雨点越来越密集
压下去一句祈求的话
换一个雨后
坐在窗下的情色镜头
嗨，你白色衬衣下的皮肤
刚刚淋过秋天的雨

10

今晚的青菜汤真的是青菜汤
没有一滴油一粒盐
空气也是
放张桌子放把椅子在路边
吃饭时
吹过来的风都是新的

11

荷花上面躺着一个人
很小很小
爱细雨，爱微风，爱每一只落下的蜻蜓
花落了
她就在水里安家
生一堆儿女
第二年，她又躺在那
很小很小
没人知道她是一个小妈妈

12

很多事等我做
赖在阳光下打盹这件事
看起来毫无意义
可只有这时
我才真正感受到
我的存在
仿佛我是突然从某个地方掉下来的
睁开眼
不知身在何处
不知今夕何年

13

寂寞真美
像遍地的小野花
开呀开
骨头是一片肥沃的土壤

14

凌晨两点
看朋友圈里陌生人的生活
想点赞的没有点
想撩的
也从未撩
我也是他们的陌生人
在夜里
有一颗星和另一颗星的距离

15

一棵樱桃树占了路的三分之一
开花时经过
我深吸一口气
樱桃红时
我张开嘴就能咬下一串
下雨后。比如刚刚
我低头经过
叶子上的雨落在头上
回头看
树枝又离地面近了几分

16

这是多么空虚的一天
下着雨
我什么也没做
惆怅是个
老得不能再老的狗

它缓缓移动
跟着我
它发出的唯一一声叫唤
淹没在细雨中

17

那个人有多孤独啊
我能感受到
桃花也落
雪也落
他一样都不曾留下
我无聊时
把那个人的孤独拿过来
打发时间
没有人知道
那个人的孤独因此
更多了

18

姑娘要去哪
他像个好人
可我不能说
我在流浪的路上
我怕，一个好人也会在瞬间
产生邪念

19

露珠旋在叶尖上
花落在地上

我小声说，芝麻开门
里面不是童话世界
是一片，已经还完房贷的
老房子

20

一只苍蝇飞来
剔除让人唾弃的东西
只有翅膀
可爱，干净
闪着圣洁的光

21

我坐在你身边
看你眼前看到的
这里人少
没人看见我坐在你身边
摸你铜色身体
也没人看见我把脚
放在你脚上
大胡子
有一刻，我真的对你起了怜悯之心
想抱抱你
——这个空心的铜像

22

天气预报说明天大雪
我有些慌
此刻我行驶在

长春路，窗外是
雨中的
浩荡的麦田
心不能再大
一百吨的雪全是空茫
可惜呐
会一点点消融

23

夜晚一个人喝酒时
突然想到
浇花
就去浇了
浇完花继续喝酒，突然想到苏轼的
"只恐夜深花睡去，故烧高烛照红妆"
就决定
喝至七分
无意识和太清醒都是
糟蹋酒
而花不能语
劝也不得
阻也不得

24

我这样躺在床上
无数次了
像被抛出去的塑料袋
卡在枯枝间
鼓鼓的
徒然悲伤

事实上外面没有风
悲伤是一个词
风是另一个
我被这两个词的体积塞满

25

都是假的
走过的路正一截截坍塌
我停下
在一家餐馆洗盘子
老板真好
说我不像该洗盘子的人
老板真好
说我身上有特别的气质令他着迷
可我不会害人
为了工钱
我一直柔柔弱弱
我有刀
我不是好惹的

26

飞机轰隆轰隆而过
她刚赤裸着从洗漱间的镜子前离开
现在她躺在床上
看屋顶
白白的屋顶
白茫茫的虚无，无意义
她平静
消失
该跟谁说呢

死亡略带

满足感

（选自微信公众号"卡在植物与猛虎之间"，2024 年 7 月 26 日）

与过去凝视

/ 倪志娟

忧郁症

像雨天带来不祥
他具备了蟹的属性
由于"缺乏沟通的方式，
无法唤起我们的同情"[1]
这个正襟危坐的人
被孤独描绘
脉搏里的冬天
是离去者的留白
一旦他开口
就会激活一种忧郁症
漫山遍野的绿
等同于
"对瞬间的蔑视"[2]

----

[1]　伊塔诺·斯伟沃语。

[2]　列维纳斯语。

与过去凝视

"透过失眠的眼"[1]去看
一点细微的变化
就能让我们识别出一个人
不是相遇
而是错身而过
仿佛有扇门，一直在闭合
穿行在陈旧的小街
橱窗里的隆重
投下碎片般的阴影

接到朋友的电话

从书桌旁脱身，陷入黄昏的倦怠
像一片落叶
暗藏了所有的时间

说起母亲的病症
她说，"她放弃了自己"

暮色正如道路一样延伸
是我们已踏上的路

未来的诡计

你将和谁讲述"自己的谜团"[2]
绷紧的弦

---

[1]　里尔克语。
[2]　尼采语。

将有怎样轻柔的碰触

那么多陌生的面孔
从未传递一个
激动人心的信息

明日且隔山岳
今日，黑夜如期
寄送一种理想，"更高的欺诈"[1]

在城隍阁听一场相声

从捧场的笑开始
我们顺从
语言是盲目的触角

回声带着微凉
轻易泄入
缺席的空旷

此刻，如果有谁
从远处看着城隍阁
看见的是一个明亮空洞的塔

舞台上
演员的脸反常地变红
掌声停歇的刹那，似乎有轻烟袅袅

---

[1] 尼采语。

拉萨尔湖上的野鹅

狂暴的风，卷起一丛枯叶
置于湖面
十二月，天空
凝聚为冰的形式
它们仰着头，静谧
如一张空白的明信片

《哲学家之死》[1]

画中的人停顿在某种固定的范式
由此，我们看见了
三种姿态：
热切的，哀恸的，沉思的
或者说：世俗的，修辞的，本然的
倾泻在苏格拉底身上的光
被人群分散，又渐渐向左边消退
垂头而坐的柏拉图
是一团静默的火
让他们动起来吧——我们如此期待
并从画前
挪开了自己的脚步

预　言

一夜大雪，关于世界的认知
忽然语焉不详

---

[1]　这首诗以雅克－路易·大卫于1787年创作的《苏格拉底之死》为原型，该画被收藏于纽约大都会博物馆。

路过的人，全都站进了镜子的反面
这个提问者，明白
雪崩一触即发
却无法架起一座梯子

两种构图法

之一

把一张白纸弄脏，脏成那种
擦，也擦不干净的样子
再把咸蛋黄似的一团黄
置于纸的右方
题几个字，将无限框定
不在其中的人，亦无处可逃了

之二

细细的草茎，从薄雪中探出头
一株，两株，三株……
云，沾染上霞光
在枝丫的线条后飘
一两声狗吠，力透纸背

自画像

画笔不能让他振作
让他下定决心，从窗外的浓雾
走进房间
陌生人在博物馆沉思
就像一颗棉花糖在炉火上融化
被追忆的

是白，柔软和不确定的形式

（选自微信公众号"爱上一首诗"，2024年5月20日）

我们熄灭的东西就是我们寻觅的光亮

/ 邹昆凌

游到天黑尽

树林在天黑后更黑喽
比地下的煤还黑
我们走在黑蒙蒙的林中
林间没有声响，声响也黑了
虫的、鸟的，假如出现一只猫头鹰
就是一束光，但没有
当我们摸索着走动
连酱色的粥化的路都看不清
只有凭记忆走着记忆
小心和惊恐都不置可否
但抬头时，剪下的指甲般的新月
就像潮湿的火柴的光焰
在树冠云层间凄迷
是我们怯弱的呼吸也够不着的
高处；慰藉算是有点儿
像牵到一只手，触着地形和空间的大约
于是在黑得比矿井深邃的林中
我们有了信心，往下走
好像路在发着比潜水的鱼背稍亮的光
已比沉得深的黑显眼一点

比隐藏的歪斜有了猜测的拐角和平面
比坎坷和看见林外的灯火更同一
仿佛靠着这瓣渺小的新月
我们的血液才重新温热
这时新月微微地在树顶摇曳
像嘴唇耳语着迷宫之谜
有救了说不上，历险的童话
却在几个成年人心中生了根

人鱼同体

钓钩卡住了鱼，也逮住了渔人
我的故事从金沙江边一块石头上开始
那是我的叔公，他在一百年前
站在那里钓鱼，脚下的江水如同台风
把处女的晨光的天空席卷而去
我会把这激流看作噩梦，但他没有
而安然处之；他把一坨臭肉拴上鱼钩
一甩，就到了江心；在水下的黑暗中
鱼类和许多鬼魂游动着，那些影子
像帐幔上的梦魇那么阴沉，那么
真实和虚幻。不多一会，我的叔公
感到深渊里的力拽了一下，又一下
他缠在腰上的渔线，像拉直的彩虹
现出奇迹；他感到咬钩的鱼十分壮实
那是一条大得能驮起整条大江的大鱼
它一动，江水、天空、山就颤抖，正像
拔河竞赛开始了或地震已经发生
他双手挽着鱼线，用力拉……这时
他臂上的肌肉像屋顶的瓦在炸裂
感到他拉着的不是一条鱼，而是一种
魔的重量（魔是什么？就是人灵魂里

好肉体外，避不开的非物，它一来
就蛊惑和扭曲了正常的东西）。于是
大江、人和钓钩，都成了它的戏剧
多重啊！我的叔公感到，不是他在钓鱼
而是鱼在钓他；那根缠绕在腰上的渔线
被山摇地动的力量扯动，就像
金沙江伸出了五个手指，用力一抠
就把我的叔公拖进了江水急流
那大鱼是要找它的兄弟，还是要找
它的伴侣，才把叔公召去？他离开石头的
姿势，就像只逮鱼的鱼鹰突然潜水
我复述他从钓石上升起，往下冲刺的
样子，就像一次赴约的飞翔
他沉入波浪就成了永久的神秘
而大鱼，我们永远也不可能见面

也永远不可知它成魔的历史。只是人间
少了个钓者，以后的时间，我们的时间
成了大鱼的骨刺，卡在家族的喉头里
但时空的幻术在一个世纪后呈现这个事件时
金沙江已不是鬼脸，而是神秘的逸闻
删除了肉体消失的恐惧和悲哀
那块石头，不是石头，而是大鱼的化身
这个不能谋面的大鱼，和我叔公，仿佛同体
他们前世分离，又回到破镜中，握手言欢
这故事是真的，发生在金沙江边的永善
那时我没有出生，江中的险恶也没有泛滥

三碗水

日月星辰和半山腰的三个水潭
共同存活一万年了
命名"三碗水"的人

和滋润的鸟兽知道

水草、蛙声、游虫、蜻蜓

麻色的蚱蜢、菜花蛇

和我摘取的三叶草

以及踩得摇动的岸石

还像拼图在我心上挂着

我的倒影，在水里宛然抖动

抖着黑白：绿灰的月夜

粉红的黎明，灵肉洗涤干净

四周青山，是我晾开的织染

天蓝和鸟声和松鼠和斑鸠的响动

如同我手上打开的折扇

也算时间的活脱的运转形式

但收起扇子的不是我

所以我相信，三颗明珠

失去后仍像琥珀

镶嵌着它的往昔。在我

山泥和树木年轮般的记忆里

吞噬它的不是夜空和地母

是一代赌徒可耻的债务

它会记在宇宙破损的账上

而许多干渴的生物，因此憔悴

会失去存在的灵气且茫然

白蜡条树

它不美，因有一层白腻物裹着

特殊得可以凸现栖鸦的黑影

枝杈却稀疏，荫庇不了雨雪阳光

如医药纱布欲松绑治愈的肢体

夜间，我在树下看见过鬼

阴绿而透明，山墙似的移动

要靠近我，树臂把它推进水井
这棵树我追究不了它的来历
但抬头就见树叶的小鱼在跳跃
我家园林拆迁它便伤逝
但我心里的白蜡条却是活的
老年了，读书时一匹马名叫蝴蝶
如果我有骏马，定会取名白蜡
当这么想的时候，我见窗帘后面
真有白蜡条在闪动，如同递给我鞭子
叫我骑上寓言的白鬃马，去迎拒
年老后必遇的阴物，好像把它赶走了
我会回到童年，又在白蜡条树下
种上青草和美人蕉，再有一次
能把魔怪封锁在井底的人生

岬　角

它在那里，经画家的手笔
和画家互换了位置
他的所在，松柏换成了桉树
礁石换成了红土
蔚蓝的水里，蜉蝣在打圆圈
树影和水纹都像
他生就的头发和胡须
高处，云如大钟悬挂着
他要由此变得响亮
而岸上的村舍、白墙、篱
宁静如闭上的眼睑
微风和猫，悄悄过来
到了那幅画前
让屋瓦弄出了响声
在由黑变白的光线里

他醒来，岬角
是他梦中抓住的号角
一吹奏就是色彩和形式
为某个路过的人注视
转写在他的稿纸上
这时，我听到画家和岬角
像在戏剧里对话，声音很大
他们惊起的鸟群
像撒给孩子们的糖果

回望和布景

劈柴的响声，传到很远的地方
传到我老年的灵魂里
猛力是我年轻时的举措
斧子、森林覆盖的变小的柴爿
密集的木屑飞起，就像
镜子里的星辰；当我歇下来
看见你从林边走过
和自然一样清越的身影
树叶和你的黑发都在飘动
我是追踪你的无归宿
还是忘了我青春时劈柴的肌肉
及身处此间的时宙的荒凉
森林同样是布景，而你
仍是清溪和看不见的鸟鸣

心　流

黑雨，潮湿
我在寝室的音乐里
半是虚无的感觉

你在哪里？仰视那巨人
和我的渺小中
当我审察自我的真
无不信；而一座大城
都没有真实的人，就让
你读的神话，和我的失望
也被音符涂上颜色
再翻开惠特曼的《大路歌》
他的豪迈和复杂
我都插不进去
睡吧，在寂寥的雨夜之外
我会梦见牧马人
和野花，而你还会遇到
比巨人和城市高远的
雁行，那天地之间的诗
也算温暖如春

小巷里的丁香花

在恍惚遭杀害的死者留下的
古老偏僻悼念的小巷里
记得从前到处可见的
已泯灭了的植物，不意
在这儿看到；有切菜粑粑叶
羊耳朵尖、铁线草、鸡冠花
继那次我在远乡柳塘边看到了
隐蔽在水草间的黄水仙之后
在这里，看到了我喜爱的
丁香，它们在路边窗下生长着
每株的叶是相同的舌形
有勃起的细萼，茎都水绿
但五瓣的花，有白色有紫色

每朵花心里都有火苗的蕊
这些花草和丁香，在一个暴死
诗人的旧巷里，羞涩地
活下来，这是奇迹以及
孩子和哑子的梦，每朵丁香
又是虚拟的飞鸽带着的哨子

老 屋

老屋，老屋，你们在哪里？
　　——扎加耶夫斯基

进大门，十棵柏树泼下浓荫
树体，大钟似的悬着青铜的音响
有上升的台阶，共五级
旁边是石凳，奶奶坐在那里
等我放学回家；再往前
是花台，玉簪、马蹄莲、绿藤如闪电
对面的青砖墙，上有淡蓝的窗框
百叶窗像鹅毛排列着；进去
书桌、八音钟、初阳照着青山的油画
椅子是空的，好像人被驱逐了
在这里，我怎么度过童年的
繁喧的鸟声和黎明知道
所有的光阴我还记忆犹新
我和自己和自己和自己
绕着影子飞，绕着屋顶飞
俯瞰水塔猫、黄鼠狼和惊喜的鸽哨
笃定而丰富的屋宇
如同淡雅的色彩和睡眠
却被噩梦噩耗里的武力劫持
时段仿佛在我出生之前

那时跳出一柄污浊的匕首
伤害了氧气和花香

（选自微信公众号"稀饭了吧"，2024年6月4日）

世界一直醒着，只有人在沉睡

/ 张建新

世界一直醒着，只有人在沉睡

从清晨起，雾越来越大
远处的山峦、信号塔
慢慢模糊直至消失
视线轻易就被逼了回来
多年对远方的眺望
显得盲目和轻佻
湿漉漉的柏油路在冷风里
继续向未知延伸
那尽头是虚无吗
龙塘里曾经碧绿的荷叶
现在举着它的枯朽
湖水一降再降
已降到了梦想的最底部
如一堆碎玻璃反射出凌乱微光
几只小鸟在这微光里
鸣叫，从雾里飞进飞出
想起昨晚喝酒回来
沉沉的天空还有几粒寒星
世界一直醒着，只有人在沉睡

突然的影子

那年春天，我在小河边
追钓一条黑鱼
大片蝌蚪般的小黑鱼崽
墨汁一样在水面游动
河面非常窄
它们几乎占据了半边
我知道，这些小崽子下面
肯定有一条凶猛的母鱼
我用诱饵不停地骚扰它
跟了好几里地，其间
它咬钩被我钓起来一次
但又落进水里
我相信它还会咬钩
于是锲而不舍地跟着它
终于，它不堪骚扰
愤怒咬住鱼钩被我钓了上来
这时已是黄昏时分
我突然发现我的影子
覆盖了河面，这条黑鱼
是不是因为绝望放弃了抵抗？
回家后，我们吃掉了这条鱼
记忆是这样的：
那个春天，不是我
是我的影子捕获了一条鱼
从这个方面而言
我也是影子的俘虏
它带着我奔走于人世间
越来越多的影子突然出现
命令、指引和覆盖我

令我言不由衷身不由己
我吃掉了那条黑鱼
也获得了它同等的命运

清　明

雨一直在下
从没有停下来
雨替代了那些
说过的和没有
来得及说出的话
雨下在空间里
也下在时间里
下在有名有姓的墓碑上
也下在无名无姓的孤坟上

生死疲劳

感到疲倦，就倚在窗边
抽烟，漫不经心四处张望
初冬时节，天高云淡
稀疏的云朵缓慢移动
树木大部分仍是绿色
但迅速冷下来的气温让人感到
一切已与秋日不同
在我喷吐的蓝色烟雾中
一只灰雀突然出现了
它慢慢飞动，数次如同
身负重物般向下一沉
从身形来看这是一只中年灰雀
它终于飞到远处的信号塔上
停在上面稍做歇息

我知道它还会继续向前飞
前方有什么已不再重要
它要做的是从我们的视线里
完全消失

获罪与救赎

阳台上月季只开了一朵
现在，它的花瓣已完全打开
这才配得上真正的怒放
上班途中，看到绿化带边
工人站在梯子上用电锯修剪
未成年的香樟树冠
修剪后的形状代表了他的审美
偶尔听到几声布谷叫声
既远又近，像是一直
围绕在身边的那些看不见的事物
已是五月中旬，农历三月末
气温正适宜，下了几天雨
昨天开始放晴，下班后去踢了场足球
大汗淋漓，坐在球场边休息时
看着暮色中小县城灯光依次亮起
有种获救之后的自由感

· 131 ·

下午的幻象

下午的阳光像中午我买回来
吃掉的鱼身上的鱼鳞
在公路上树林间闪烁着
我在这闪烁的白色光焰上行走
一辆辆小汽车经过我身边
它们肯定会比我更早到达目的地

但我并不着急，如果
有目的地的话，迟早会到
我现在是被时间甩下来的人
能看到他们看不到的东西
比如树叶上白色鸟屎和蛛网里
苦苦挣扎的小虫，以及
途中不断变化形状的建筑
万物都有它们自己的变形记
我告诉自己一切都在计划之中
时间自有它的安排，急什么
就这样边走边看，路边山坡上
青草从绿到黄，又从黄到绿
其间，我也经过一座座村庄
那里人烟稀少，滚烫的阳光落在
空荡的寂静和零星的鸟鸣声里
一阵阵热风刮向幢幢空房子
将它们剥成白光闪闪的鱼骨架

凭空旅行

吊兰在桌角，长寿花在窗台上
中间这段距离是漫长的问候
窗外矮山和渐枯的树木
会将更远的问候通过阳光带来
只不过需要更多耐心
它们说你好，并不一定会被听见
那些变幻的颜色和花开花落
是它们内心兴奋或失望的潮汐
阴冷的冬日，它们一律垂下
沉郁绿色，那时间永恒的背景
极具欺骗性，常常让你忘记
回应那存在于虚无中的问候

你伸手想握住那浓郁的绿色
但是一场雪来了，从时间内部
攫住你，无法挣脱，紧接着
你须发皆白，被一种从内到外的
寒冷拽着穿行于暗黑隧道
这是你看不见光明的黑暗
是沐浴在阳光里的暗黑旅行
你被迫完成了嬗变，有两个你
被分离出来，穿着同一件衣服
不过，在旅行中只有一个你
能听到问候，另一个听到的是
来自旅途遇难者的微弱呼救

刀

当我决定写一把刀时
我突然就变得尖锐起来
还好，目前我还可以控制住
不让它脱鞘而出
自从铁匠这个行业消失后
我就成了自己的铁匠
将自己这块生铁投入熔炉
自己将自己日夜锻打
淬火期漫长得令人难以忍受
并不知道会形成一把什么样的刀
无非砍柴、切菜，或者杀人
很多夜晚，它铮铮作响
只有我一个人能听得到
它与这个世界的风声雨声
交织在一起，在梦与现实的
边缘，刀锋被磨得雪亮
只有刀才可以看得见刀

那么多刀在空中飞舞

或兴奋或沮丧，有的刀

干脆"嘣"的一声自己折断

在一次次呼之欲出中

我用血肉安抚它，直至

它慢慢锈蚀，刀锋钝去

有人夸这是一把好刀

但我知道，我始终没有

成为一把刀，我终于明白

我终其一生的锻打只是为了

挥向自己，然后毁掉它

（选自微信公众号"一见之地"，2024 年 6 月 17 日）

幸好我还是个诗人

/ 潘洗尘

牵着一只阿拉斯加回故乡

酝酿了整整一年的计划
就要启程了
我要牵着一只巨型阿拉斯加
步行回东北

曾被我诅咒过千万次的雪
原本就是阿拉斯加
和我的
故乡

4800 公里很远吗
在路上　一个人和一条狗
究竟还会遇到多少人
多少狗
这一路　会有多少人
给我们食物和水
到时候你看看我
随身携带的笔记本
就知道了

一个人

和一条狗

在路上　走啊走

大多数时候

他们都是沉默的

偶尔也会

和擦肩而过的人

打个招呼

但没有人知道

在路上　一个人

和一条狗

他们是要趁着

第一场大雪落下的时候

赶回故乡

失传的手艺

母亲生前

有一门被乡邻们笃信了

四十五年的手艺

——接生

后来我无数次劝阻母亲

你年龄越来越大

眼神不济　手脚也不灵便

风险太不可控

还是动员他们送医院吧

可是母亲直到离世

依然还会拿着一把剪刀

一卷药布

被乡邻们接走

现在　母亲已离开我们多年
想想家族曾掌握的很多门乡村手艺
接生　说媒　木工　打铁　做豆腐　厨艺
当然还有炉火纯青的耕种
现在都已基本失传
而我今天想起母亲
是此刻我也需要她的那门古老手艺
——接生
只不过我不是给人
而是给我家里待产的猫狗

幸好我还是个诗人

如果我不是个诗人
山水肯定是另外的样子

但也幸好我还是个诗人
博大精深的汉语
可以在黑夜里与我相互拥抱
也互为工具

偶尔　我用那些熊熊燃烧的爱恨之火
可以巧妙地烧制
一整首的诗
虽然大多数时候

烧制一个完整的句子都很难
那就在一个字一个字
甚至一个偏旁一个偏旁
一个部首一个部首上
下功夫

我会消失
但汉语不死
有些自己也来不及回头看的
后人会懂

熏　陶

这只早晨开始睡觉
下午才起床的小狗
自从昨晚跟我吃了羊肉之后
半夜跟我抢烟抽
抢咖啡喝
抢瓜子嗑
还跟我抢安眠药吃

只有在我读诗的时候
它会异常安静
生怕发出一点儿声音
而每当我录完一首诗
回放的时候
它都会对着窗外
有节奏地发出
喔喔噢噢的声音

我想　这只有当我
完全学会它的语言后
才能明白它到底是在说
我读的诗好还是不好
抑或是它自己
也在读自己的诗

活下去

当年　一个绝症患者
坚定地说
活下去！
看看到底谁活得更长

一个人在那样的时候
说这样的话
如果不是出于对生活的热爱
那可以想象　他的心里
究竟有多少不甘
又有多少委屈

一晃就是五年过去
站在第六年的门槛上
他仿佛一下子不再那么坚定了
只是默默地跟自己说
……活下去

患得患失与悲从中来

出来半个月突然想
录一段自己的视频发回家
用大屏幕放给毛孩子们看

视频发出后又担心毛孩子们
没有那么想我
放视频时还要一个个
抓它们来看

转念　平时在家跟它们聊天
倒是听得认真　还时有互动
也就安心了

但等真的看到它们聚在一起
收看自己的视频时又突然
悲从中来——
这分明就是自己
告别仪式的预演

（选自《诗刊》2024 年第 5 期）

怀旧或奔赴

/ 荣荣

奔　赴

静止时，一杯醇厚的酒与一杯纯净的水，
一样心平气和。

那只是外表上的收敛或妥协，只是将水里的
火藏起来，那些被酿造的粮食和流水。

我更喜欢它们在不同器具里的样子，
经典的或煽情的，那些个性别具的外衣。

甚至装作一口袋粮食，细麻绳扎着口子，
被搬运着，用来小酌或畅饮、珍视与收藏。

他就带着类似的酒长途驱车而来，
奔赴夜晚一场相聚与别离的狂欢。

纯音乐的背景里，他感觉自己是高速上的清流，
有时就是一坛酒，一个让人惦记的醇香男友。

走　神

那人在讲台上宣读着什么，内容冗长。
为什么还要放慢语速？

时间成了一条蠕动的线虫，
跌落于空阔的目光隧道。

她神游天外，或回到一个梦里，
看到他挣扎于一个缓慢的苦难里。

如果继续分辨，还能看到她牵扯其中的因缘，
看到她的祈愿，正在坠毁的泪水星星。

奔赴或回应，久若一次轮回，
又瞬间无痕。回神时她一记讶然。

捂向嘴唇的手，带起了一些现实的阻碍。
此刻，没人看见地毯的墨绿在光影里的浮动。

似　水

那时，他们的身体里装满烈酒，
她们的身体里藏着一只只酒杯。

那时的躁动被整夜的酒水泡得松软，
独牛仔裤紧得，吸一大口气才能提起。

如同迷茫上身，他们热衷于谈论的，
是过去和更过去的。

还丢了些又藏了些，还没边没际，
泛滥着，恰似不着调的春风无限。

临河的小酒馆对面，收割过的菜地上，
狗与猫同时窜过，抬了抬腿，扒了扒土。

不时坐下的还有时光，同时被提速着，
油门踩在他们日渐肿胀的骨头上。

还有过多的陈茶，一道淡过一道，
时光也同时原谅了如此这般的虚度。

送　别

送别可以有诗，至少来一场抒情，
记录可能的哽咽、哀伤，时间的刀剑。

一场雨适时而来，很快就停了，
气氛一时沉闷，他是否同样不舍？

这意外的插入，似乎带着寓意：
比如突然的相逢，在昏暗茶室的卡座。

或某个开阔处，相对静穆的两个人。
在突然黏稠的空气里，各自纠结着。

那里有几杯烈酒的炙热或一场盲目的大火，
有他内里的谦和与外在的好脾气。

有一两只现实的收纳罐，她虚无的梦境
一次次扮演着美与期盼。现在是别离。

挥手之后，他仍退向远方的完美，
而她又会在那一刻停留多久？

但送别必须有诗，起承转合里必须推进
风的迂回、雨的空阔、她内心的起伏。

展开的抒情里必须有南方秋天满眼的
嫩绿，还有他清爽的衣袂翻飞。

比　喻

在大山褶皱里安静生活的人们，
像连绵战争里乍现的短暂和平。

此刻，站在峡口的你，
是正在归来，还是就要离去？

小巧甜美的表情，是他观望里的
生动，掌里盘着的洁白籽料。

油桐花

在众多的时间与事物里他花完了所有耐心。
现在，他是焦虑的。

即使进入一场纯粹的旅行，
在最开阔或幽深的景致里。

也有例外，比如在短促又静寂的鸟鸣里，
他撞见了满山腰的油桐、满树满树的白花。

明明白白的生趣，如此不可一世，

喧嚣着，只要开花，开花，开花。

他突然想抱一抱它们，顺便抱一抱此刻
他无法摆脱厌弃不已的狭隘自我。

杯酒不释

几杯酒往往喝成媒介，比如一件事与另一件的
混搭，比如他与她终被模糊的分歧。

现在是一座桥梁，他扛着一整个世界，
走向她，有明显的趔趄和上头。
而她正随着又一波酒水逐流，
想象着一群娃娃在月亮里认亲。

美好是一个气泡，明灭在时间之河上，
那里有面目全非的当下或明天。

此刻，他们彼此模糊又举棋不定，
互为放不下的杯中那虚幻之脸。

到　点

他年老的样子有点四大皆空，
眼神、头发、虚软的腿脚与内心。

他在其中伸拳踢脚，活血化瘀，
悟终极真理，发莫须有的感慨。

也许还可以清理，换季时多余的
一些沉积，同样年事已高的使用物。

也许只是自我认定，那些在镜前找到的
客观，以及在暗夜里找到的主观。

在更实际的困境到来之前，他裤兜里装满的
事与愿违，都是暗室里的钟表刻板。

消　失

消失的事物，有过它的拐点或落处，
也曾站向自我的反面。

还有许多层面的警醒：穷尽的山峰，
突然消除的标记，盲目丢失的目标或意志。

也可能是这样：繁星落满河道的静谧，
有你归来或离去的释然。

还有她此刻的安稳，
老神在在、雷打不动的样子。

模　式

一定有过交集，比如那晚，
她倾泻的情感里他负面的爱情。

其时，她的柔腰里藏着一只倒置的酒杯，
他的胸腔里烈酒般沸腾。

如果切换一下，她埋首云间，
想象一朵撑开的虚拟之花。

他想用落日煮活一条溪流，

几滴雨露，两棵半枯植物。

或许过不了许久，他会突然说想她了，
她会看到他想的那片不着地的彩羽。

（选自《扬子江》2024 年第 4 期）

云南面孔

/ 邹黎明

弯身取水

井水如拓片。会复刻一张张，前来取水的脸。

站在井边时，这张俗世的脸，才从情绪的控制中解脱出来。获得少有的清凉、平静。

而当想把它捞出来，看一看时，打水的拉绳忽从手中滑落，连同小桶，一起坠入井中。

云南面孔

身处江南，但时刻记之：自己体内，有一半的云南血统。

当两个故乡足够遥远，人生便有了分割之感。好在起伏的群山，形成褶皱，使空间获得收缩。不论从哪个省份看，都有一半的身子，孤悬省外。像一块忽略不计的飞地。

庆幸的是，幼年生活，让我不及格地继承了这里的口音、方言，磕磕巴巴。勉强可与一头黄牛的眼睛，对话。

当年的麻雀早已老逝，它们最多只能活十年，可以很快地拥有此生。而外婆院子里的柿子树，仍在喂养它们的子孙。

几次回到大理，阳光都是那么炽烈。我的脸，一点点黝黑，褪皮。逐渐露出我的云南面孔。

假山帖

明知是假的。

呈现于眼前时，你仍能感受到它的诚意：假山砌于水池之中，植被茂密，郁郁葱葱，看不见半点敷衍。隐约可见，几处小小的亭台楼榭、小桥。

步梯是微缩的，却和世间所有的路一样，都饱含着，某种邀请。

参观的人群，仍在行进，无人注意到队伍中少了一人。我已拾级而上，沿着小径，隐入山中。

采风记

十一月的庭院，清冷。

一只蝴蝶，在院子里活动翅膀，哪怕它已自知，很难在接下来，更寒冷的日子里存活。

很多事都是徒劳的：恰如采风的诗人们围在一起，谈论诗。

还能做些什么呢？我呼吁：在我们的诗中，留出一个通道，供一只蝴蝶穿行。

野雏菊

一朵雏菊，就是一块钟表。

花瓣是刻度。

它还那么完整，那么美，仿佛时间尚未开始。后来凋零的指针运转，一瓣，和另一瓣之间，不是匀速的。

时间也有朝向虚荣的一面，总想去酝酿、造就一些大事，试图将历史像一根线一样，打上几个结。

而我就守着一棵野雏菊，守着它的虚度，和在风中的不圆。

潮汐之夜

潮汐，是月亮，在抓取大海。

149 ·

从白日到夜晚，涛声不绝：在反复朗诵中，某种记忆被加深。被我们遗忘的事物，一定在另一个地方攒着，它们比海水更具腐蚀性。

回到内陆的某个夜晚，醒来，手心残留的汗暗示我，就在此夜：大海曾从我的手中，反复逃脱。

行路难

走在山中蜿蜒的小路，会获得鸟鸣、藤蔓、三块绊脚石，和一种轻松。

它们区别于那些笔直的车道：不会一根筋般，因绷得太紧，而在某个夜晚突然间抽搐。

我睡眠时，蜷缩的样子，多像山野延伸而出的一小节岔道。我想我是清楚自己的，却又不时在这有限的肉身上，陷入迷途。

维修大海的人

空调外机在滴水。这让我想到大海，也可能在漏水。一滴，一滴。

它的底部，太深了，无人发现裂缝。它的容量，太大了，少几滴水，又算什么。

我想报告这个情况，但不知向谁报告。如同这些诗，早已被我写出，却不知给谁看。

维修大海的人，最终是我，只能是我。如何得到最坚固的材料？我取叠加之法：不断用诗篇，覆盖诗篇。

（选自微信公众号"被众神遗弃的诗人"，2024年6月25日）

第 39 届青春诗会诗丛诗选

劳作圆环

圆弧在地平线上闪耀
银镰缓缓地浮动
盼望着收割以完成自己。
没有它，它什么也不是。

明亮的铁锈被夜鸟啄食。
大熊星座的巨斗翻转。
斗转星移，掌握时令
欲在四季中完成那圆环。

我们在天象中轮转
随漂移的房屋浪游
巡遍周天，绘制那星宇全图。

未及之处尚要廓清，
我们看到听到想象到
这伟大的触手可及。

新的一次呼吸已跑遍双肺
无法逗留。绵延岂可止息

未来安能悬止于此刻?

蛮荒之地令人难以忍受。
风已吹遍。耕种的意念流行。
脉搏与浪涌相互感应
家园在手前等待被建造。

平野之心解除了封冻。
春水泛起,土壤潮骚,
肥厚的子宫等待其着陆。

西风吹送着阵阵"布谷"
田野的繁忙势在必行
劳作的圆环缓缓开启。

象群经过

象群经过,地面雷动。
脉搏突突地跳动
冲撞大地的太阳穴。

出于某种生命本能的
原因,它们经过。
沉重的步履使大地
震颤,惊醒一路村庄。

阵阵惊雷贴地翻滚。
黄云里,手扶拖拉机
穿梭,拖着六边形的
铁磙子,欢欣跳跃。

耗尽心力的夏日午休

在大地的宣传鼓动中醒来
在窗棂嗡嗡咬着字音的
艰难中醒来，在墙体
抖擞的尘土中醒来。

谁能无动于衷？
唯有接受命运的馈赠。
何况饥馑狂轰滥炸
在神经的丛林拉响
理智警报的阵阵电铃。

唯有接受，跳出自己，
在每个恰当的位置
观瞧贴地而行的滚地雷。

田间地头、打谷场上
搅动着劳作的龙卷风。
而浓烟里，拖拉机
连串的咳嗽像一种反讽。

闪　耀

灯光开始时先跳了一下。
小孩们不停地拉着灯绳
从中找到无穷的乐趣。

电灯熄灭时，钨丝
像曲折通红的伞缘。
树叶在路灯下闪烁，

风声借绿色的舌头说话。
老人枯坐，静静地谛听，

听自然四时、天道秘密。

有时，风雪在窗上扑闪
在被生计发配，额角
打了金印的旅人周身扑打。

屋内热气翻卷，炉火正旺，
黑铁茶壶里沸水翻腾。
老人吸烟，烟气翻滚

深夜的鼾声如雷翻滚
梦里金黄的麦浪翻滚，
穗头沉甸甸，反射着阳光。

思维的光点在头脑中闪烁
婴儿床头旋转的八音盒闪烁
母亲胸脯轻轻地起伏。

每个生命在人世上闪耀
每个星球在宇宙中闪耀
每个宇宙在弦上闪耀。

（选自李越诗集《劳作圆环》，长江文艺出版社 2024 年 6 月）

熔岩：一个黄昏

熔岩从天上淌过去了
却没有将我烧死。多么慈悲
多么残忍。隔着人间和飞鸟
隔着那层厚厚的、不可见的冷却
它决定将我保留。它判我
用余生去慢慢、慢慢地烧毁。

多么辉煌的刑罚
我当然不上诉。让我恐惧的只是
一个人要有多少爱，要最终为此
接纳多么大的哀伤
才有资格毁在这样的黄昏里。
现在，熔岩真的淌过去了
夜的玄武岩正静静凝固
我写下的句子也随它封为化石
以另一种风马牛的形态
去挽留某些不可挽留的东西。
这有用吗？当我核里的火光
忽而亮起，又在有人注意之前
湮灭焦殒。这真实吗？
当熔岩的河面上很意外地
漂过一枚黄金的花朵……你看懂它了吗？
你认出我了吗？

就给你这些吧

就给你这些吧
因为那些我给不了
就给你这些吧
因为别的我没有了

就给你这些吧
这些很少，但即便全部的我
连骨带肉也不会很多
就给你这些吧

我还被自己喜欢的部分
真的只有这些了
也只有这些是真的

假的部分我从不给你

假的给他们。不要责怪我
他们需要的也仅仅是
那些假的。假的未必不善
我付出的假也许可以保护一下

他们里真的部分。我的这些
也是被别人如此保护下来的
而我现在都给你。就这些
也没法有再多再好的了，我只是

很平凡的人。我已认过我的命
所以先送到这里吧
这些已留下了，它们的声响
多少会比我留久一些

所以也不必太喜欢，喜欢与否
早不重要了。原本我什么都没有的
但现在，还是给你这些吧
谢谢你。全都在这里了

我里面的雨

我结出那么多的果子
不知该分给林中的哪些动物
我有那么多的爱
不知该放去世界的哪些部分。
我节疤一样的果实常常掉落
在枝头留下些真正的节疤。掉落以后
果实在无人知晓的地方停止滚动
就被忘掉。就腐败成酒。这多好。

有时，毫无因由地，心里的潮水
也会忽然上涨。它溢出来
漫过相干的事物
也漫过那毫不相干的
仿佛要像夜雨一样，下给人类
也下给人。我里面常常下雨但我的伞
还迟迟未得发明。我的哀伤很大
亦很小。那么真实
亦那么虚妄。怪异如许就仿佛
我在巨人的身体外披着无产者的旧外套
而逃难的人群中裹挟着四轮马车
车上有一人向我挥手。我认不出是谁
但我收下了。我以这哀伤握雷光写出雨体
却从来都不作雨本身解。
垂泪于我是一种先祖之技
犹如掷出长矛命中狮子之心
我曾经会过的但我忘了。我内部的升腾
因而不可形容。它永远无法落下故此
并不是雨。但它依然令我结出这么多的果子
它所给予的，是一种风干剔透的湿润
那化石里的火、盐晶里的河
是一棵树因破损而得赐的松脂
肋骨下冷凝的玄武岩

（选自李壮诗集《熔岩》，长江文艺出版社 2024 年 6 月）

难　过

我为鹰的突然坠落而难过
我为风的暴戾而难过
我为长白山上负伤的母鹿而难过
我为村落的枯槁而难过

我为晨光中正在接受消融的雪而难过

我也为自己难过
长久以来，我从未获得先人的锋芒与理想

喂　马

带着一点点兴奋，喂给它们针茅、咸草、粘蒿……
喂给它们一箩筐的青储
也把父亲多年的沧桑和衰老喂给它们
喂给它们的幻想
无依无靠，和井边的落日
让它们咽下所有，连同铁桶里的有毒物质
我把一根根秸秆喂给它们
像在贫穷年代忍受饥荒，和寒冷
咀嚼，一下又一下
喂给它们白酒，也让它们沉醉
喂给它们稻谷，也让它们享受最后的富贵
我找来太阳和云朵，喂给它们秀色
我搬来河流，喂给它们弯曲和昼夜不息
它们在空荡荡的人间驰骋，在逼仄的
道德牧场狭路相逢，我从外面
请回宁静和春天，喂给它们

野玫瑰

在你面前，我就是永恒的，甚于山河湖海
我就是温柔的安静的芬芳的，甚于万物
在你面前，我不是别的，我就是我
可以哭
可以闹
可以让炊烟袅袅

我不是别的，在你面前
我是木芙蓉，纯洁又纤细
我是郁金香，你瓶中白色的黄色的郁金香

在你面前，我就是我，一枝野玫瑰
舒伯特的野玫瑰

这般活着

我每天编书，写诗，按时站地铁
吃有毒的蔬菜，在一个人的小房间反省
在城里，我是这般活着

我这般爱着，叙述软弱和卑微
在透骨的风中描述一个人的走向
从怀里拿出刀子的那一刻
我反手给自己一巴掌

在城里，我这样强迫着自己
我想过来世，另一个星球
活着的人该以怎样的方式生活
在每一个冬日的早晨，我用棉絮盖住身体
盖住体内的积雪和人间的暗

（选自安然诗集《骑马路过达里诺尔》，长江文艺出版社 2024 年 6 月）

秋天，睡眠比土地贫瘠

贫瘠的睡眠里，梦单脚行走着。
瞧，神也喝多了，打着粗钝的呼噜，
所以，立即需要一个谬论前来拯救：
"你的美德是为了麻醉你安稳入眠。"

此刻，月亮在翻阅我的清白之身，
人间比以往更适合深呼吸。

母亲的插叙

一个湖泊从我母亲头顶飞走……
她正使用细竹鞭打，挂在栅栏上的棉被。
晨曦是单薄的，她打着喷嚏，生了堆大火，
然后把羊羔抱在怀里喂。

她仍有黑色的祷词，提及和父亲的往事，
她仍有些害羞。那个不回来的女儿很少被提及，
只是遇见陌生人时，她必详细问询。

今天，黄昏是单薄的，她靠在土墙上，
一个深谙乡愁的湖泊从她头顶
飞走了……

晚 风

山路的一生崎岖、悠长
从清晨到日暮，牧人的一生漫长
在双眼所能触及的白云之外
日子慵倦，羊群懒散

我独自坐在山头
看见梨花，痛快地绽开、痛快地落
不要说出心事

在双眼能捕捉的田地里
母亲弯下腰，拔去茂盛的杂草

阳光喂养着她的庄稼

我和自己的对话，被一只孤雁携进
一阵晚风的意念深处

小爷爷

他静如群山，只言不发
一生埋头喂猪，放羊出圈
时常忘记吃饭，烟斗不离嘴

他怒若惊雷，只言不发
那天一只领头羊不听使唤
闯进别人家的庄稼地
他拿上弯刀追着羊跑了几里地
活生生杀了那羊，然后扛回家里
煮熟了，请村里人来吃
自己坐在屋檐下抽烟，一口汤都没喝

小雪日记

北方有人在为我下雪，
就够了。

我并没有打扰，你用身体托住雪，
托住白茫茫的，一场宿命，而已。

然后
我说一句亲爱的，你便不见了，
南方的屋顶就又矮了一些。

（选自加主布哈诗集《如果屋顶没有星星》，长江文艺出版社 2024 年 6 月）

你在飞鱼座

天空的道路，在落日中显现
细云弯折，构造流线型笔触

海尽头，延伸出另一种调和的远方
被转述的咸风，空对着漫山野石

盐状沙粒，曾尽数打磨你刺壳中年月
让此刻拥抱黑暗的手臂，泛起金色光辉

唯一的命运是远航，二十岁起
你便是年轻的水手，独自驾驶木舟
往返高原与岛，途经鲜花和佛寺

更广阔的世界，你在飞鱼座
在浩荡的穹宇，在无边的想象
错过最后一班船

南方高速

时隔多年你重抵南方
回溯幼时记忆：
广州是大巴车上的广州，晃动的
飞驰的广州，留下最初的剪影：
一条热闹的街，滚烫的人潮混杂新鲜口音
普通话像一种方言，标记乡愁
谁是真正的游子呢？我们靠脐带和子宫
连接故乡吗？忽然发现乡音已经
面目模糊，这是谁的语言？
曾经你在教科书上学到

"马背上的民族"
你是车轮上的、口音中的、广告牌下的
散点坐标
串联数个遥远的城市和陌生的地名
成为一条曲折的南方高速

夷陵夜话

从传说讲起，抵达你最近的梦境
一间孤独的屋子，盛放着枯木与幻术
在西北，在西南
命运反复测试着我们的喉舌

在漏水的夜晚，我也是一个漏洞
反复妥协着僵化的轨道
在原地建造终点站

火中捞月，无数次
尝试重置或安慰错放的宇宙
我假设的可能，只是一种
可供反悔的人生

如果扑火的人，本就由灯芯构成
那母豹的斑纹，也会展开蜡梅花的旗帜
爱与痛是同一种情绪，你未在意
以后我们会为什么而哭泣

捞　月

捞月之人，不会双手空空

曾经凌空于折叠的水面

在抽象的无底洞穴
惊鸿一瞥，从月亮回来
穿越虚拟的电子迷雾
抵达命中的唐朝

镜面未曾有片刻的平静
有什么必经之路
一定要历经破碎和失望？

新的潮水，为穷途放歌
光在水面上，涌动、摇曳
我们一无所有，因为我们曾试图捞起月亮
无数次被蛊惑着伸出双手：

所有望月之人的不甘与悲伤
共同构成了它的光亮

（选自李昀璐诗集《你在飞鱼座》，长江文艺出版社 2024 年 6 月）

本命年

"声音会留在磁带里吗？"
雅秋，水鸟在你的日记本里起落，
摇曳着不宁，摇曳着
水露方息的停机坪。是我们的路吗？
好多事情急于肯定，那悬在树上
罹患雨季的果实，被日头悄然剥开。
我想，我在努力攻克那些昼夜，那么多
再次灌入口袋的糖豆，不亚于一次失落
的冲锋。
雅秋，你曾饲喂的盆栽，正吐出
失眠的猛犸。空间退至虚数位，雨林

尽是蒙昧的吗？
运输带加速传动，硬车厢硌碎满月亮，
可牙齿未经允许。好些时候，
甬道里排列着红色的消防栓。
我无法搬运自己，像从前那样快活。
雅秋，这曲折的使你我……可声音，
真的可以留在这里吗？

收　获

十月的光线在外部劳作
尘土发烫，声音通过振动联结彼此
在十月的玻璃房，她小心翼翼地旋转，挪腾
太阳像一个笨重的蟹钳摇摇欲坠
果实在传递。幸福在分享中得到形状
所有的目击者都信誓旦旦
我们握着春天的树对秋天的信心
尝试理解，就像风雨也曾徙经我们的躯干

果　实

你想过吗，给养果实的可能是她的籽
她年轻的心脏，无根的井，孩童般沉睡胸口
她打水的脚步也小心翼翼地叠
像油灯下的针线活。她沿着生活走
走在任意的路上。她提着竹篮，听到
水流辗转弥合那些缝隙，窸窸窣窣
细嫩的纤维也会拔节
她握着钝刀子。在分岔口，路都是向前的
雨水充沛，任意的路都让她幸福
夏天蒸腾的血液正在皮肤汇成甜河

冬季教室

教室用铁皮筒连接冬天，
像插入的导管，一节节复沓。
尽头的炉子搭建在教室中央，
作为车厢内唯一的动力机，
辐射温暖到整个空间——斑驳的肺。
在炉子的热气中，知识着陆在
波动的背景板，像海浪轻轻推起地图。
讲到喜马拉雅，它流下的雪水汇成江河，
山是否也有着湿漉漉的毛发呢？
它那么高那么靠近太阳，身上的森林
像从风雪中走入教室的我们。
我们也要流淌走，做水蒸气做泥浆，
靠着沉默的炉子。它唯一的声音发生
在散发温度后，煤块内部的松懈。
"喜马拉雅在板块的挤压下上升。"
最高的山或最大的煤块，每晚都有
拔节的声响。像炉子的拳头打开，
空旷的教室完成一轮次的抛撒。
离我最近的，沉默的喜马拉雅。

（选自吕周杭诗集《松鼠记》，长江文艺出版社 2024 年 6 月）

167 ·

象征主义

年过六旬的母亲已没什么朋友
混乱的代码填充了她的通讯录
脑海时有光斑跳跃的幻觉
或许，她可以看到很多我们
根本看不到的事物，我无法

驳倒她的各种奇论就像我无法
让她爱我像爱她的儿子一样
隔着万千成长的山水和模糊语境
母亲在我面前一如往常——絮叨
而游离，她不会明白，我有时尾音中
落下的倦意，都来自这无果
又悲凉的探寻
我在梦中手握过一只青鸟
但它始终没有对我唱出
那首动人的尾歌——

傍　晚

看见云彩，她就想要去寻找大地的尽头
向着落日走了很久
直到进入一种虚无的迷雾。
从瑜伽馆到书房，最后回到灶台
先把土豆刨去外皮，再把菠菜洗净污垢
排骨已经焯水，玉米切成小块放入汤锅
她要为即将放学回家的女儿做好晚餐
"我必然要经历……""存在即合理"
黑塞与黑格尔站在了那片迷雾之中
像两颗闪烁的星辰，把水龙头关掉
她也走了进去，雾霭中跨过了一道门槛
看见长长的甬道，这长度是意料之外的
尤其看不清边界以及岔路口到底在哪里
要怎么调解？"本我""自我"与"超我"的对峙
在漫长的异端，寻找变得那么不切实际
她又开始清洗汤料：干贝、枸杞和莲子
一场粗粝的摩擦后，一切混合、排列在手掌上
形成一个密实的小宇宙
她抬头看了看窗外，太阳已经落下去了

那片浓雾也从眼前散开了

故　乡

日落的尽头就在这里了。几十年
我们看到过的霞光还披散在远岸
从这里出发，所有指认中都有一艘船
轻轻停泊着，在心的堤岸上，获得一种
关于美的宁静的指认，像鱼群
与一千只候鸟组建成了一个国度
我始终还在这里，这片心灵的栖息之地
我的亲人已被埋入大地，我的爱成为
沉默中的召唤，在街铺、街道或流云中
重复触摸到，一座辉煌的子宫
从赣江回到鄱阳湖，从城市回到小镇
我生下的儿女也跟随着我，顺流而下
他们已学会了，如何安静地观赏日落
从每一个黄昏回到母腹——那生命中
最深层的微漾引发的动荡与洪流

男孩的玩具

那些旧玩具被积存在客厅的收纳盒中
像古时失宠的妃子，一件挤压着一件
在不同的表征下彰显着宿命的同一性
明天，就是这些玩具的主人六岁的生日
他念叨了一天他的礼物
终于在晚上八时从驿站取回了包裹
那是一个新玩具（《超级飞侠》里的卡文）
他爱不释手，在茶几上摆弄了很久
睡前依然抱着它，这一夜，这灰白的
飞机状的变形之物霸占了他全部心思

他的眼睛没有挪开过，我几乎被感染了
那种关乎人的本性中难以更改且
理智也战胜不了的无形之物——
从一个男孩天性的探索欲中映射出来
在他的梦中继续被放到最大。这个夜晚
一个塑料玩具沉在自身扎实的结构中
它刚刚从男孩身上获得过热烈而专注的注意力
尽管这是短暂的，在他下一次兴趣产生之前
或，它身上那新鲜的光泽褪去之后

（选自范丹花诗集《黑与灰的排列》，长江文艺出版社 2024 年 6 月）

长江边听雨

天柱山、文佛寺、三峡人家、长坂坡
大地生根，群山连绵苍翠。
有人托举峰峦游走他乡
有人携手湖中的明月，站成一座孤岛

远处，一位江郎才尽的先生告别他的时代
他指着这滚滚红尘，学会了占卜

读《一封陌生女人的来信》

她知道黑夜来临，容颜已悄然过去
知道他在远方的卧室里，安放了年轻的肉体
可是，她又一次动了凡心
她打开了自己

她知道钢琴的位置，半截蜡烛的位置
衣柜里要悬挂他最爱的蕾丝睡衣
人间烟火，要在太阳落下时升起

可是，这些平淡如锈铁
它们不是舞动的发光体

多少经历能够盖住一个女人的灰尘？
她知道最沸腾的、蓬勃而出的
正在吸吮她的整个生命
她想要给他的爱里没有一丝累赘
在一段藕断丝连的梦里
她带走自己，和那看不见的爱情
没有实体，充满激情
犹如远方的音乐

焦虑症

你每日摸着自己细嫩的皮肤
你每日扯着枯树的头颅

你与镜中人互相吹捧
高声强调树冠的年龄
高声强调，它寂静成形

这样就好

说一说你热爱些什么
我想告诉你我的老屋、茶园
和我儿时失踪的狗
它们都向下变形回到时间的源头
一下子涌上来
老屋在我身体的地图上牢牢钉住
我要去茶园里走一遍，发小身着蓑衣
警惕地奔跑
母亲喊吃饭，她喂给我一碗完整的日落

听见楼梯吱呀作响，是那只灰色小狗把楼顶的星星叼来
还有放学的路上，只有烟囱在梦想
快乐散落在便利店
风吹得最悄无声息的一天
风也无法加快我们……

遗　忘

我没有什么东西可以用来建造
正如我没有可以保护的
完全地迷失
在电脑的空白页
似乎都没能抬起一根手指
创造一首安全的诗

（选自北潇诗集《寂静成形》，长江文艺出版社 2024 年 6 月）

海上来信

我想象不到，这封信
会怎样抵达你

在这个用网络
代替马匹
运送语言的年代
在这个每一声问候
都必须立刻得到回答的年代
在这个等待不再是优雅
忍耐，不再是美德的年代

所以
这封信，将如何穿越年轻的海豚群

穿越长途跋涉的海鸟
穿过海床上脆弱的珊瑚礁
像一个老朋友那样
微笑着，抵达你？

我唯一能想象到的是
当你读这信的时候
海上的浪花
一朵朵，在远方盛开
每一朵，都开出不同的故事
每个故事里
都有一个回不去的家

星星坠落在你枕边

姐姐
我等了一整晚的月亮

我想让晚风握着你的手
把我身上每一块酸痛的肌肉
再轻轻揉一遍
把手肘和裤脚
花白的破洞
再细细缝一遍

我想让你握着我的手
帮我脱下沉甸甸的
浸透泥土的黄迷彩
再一件一件
把它们放进星光里
洗干净
我的脸，也像小时候一样

被你洗得
干干净净

姐姐
我等了一晚上星星
那颗星星
有时候，它近在我的眼角下
有时候
它却在更远的地方
姐姐
我记得那个晚上
你伸手指向透明的夜空
那颗星
镶嵌在你食指上
像一颗
小小的太阳

姐姐，今晚
我也看见了这颗星星
它，将要横穿整个夜空
在故乡的清晨
轻轻坠落在你枕旁

密　码

雪原，吝啬而残酷
只要有机会，它会鞭打和剥削
每一个经过它的人

为了保存热量
行走边境线的年轻猎人们
尽可能地沉默不语

漫长的雪线上

他们被白色包裹的迷彩

安静得像是一个秘密

彼此之间传递一个眼神

像传递一个密码

只能被极少数人破译

他们身后的雪原上

留下了一串串陡峭的

叫作青春的

暗号

（选自许诺诗集《握过月光的手》，长江文艺出版社 2024 年 6 月）

我有我的深蓝

天气晴好，我的兄弟从淤泥中踩踏出

一条登山的捷径。而我刚从山中返回

把几朵浮云，像烟蒂样摁在野花的眉心

陡峭处，缆车从石头的体内破壳而出

那些少年，冲出考场大门的身影

远比闪电迅疾。打印机在斑马线上吐舌头

语言发生裂变，无论使用多少比喻

也无力拯救。溪水似蠕动的胎儿

榆树卷起叶片，萱花藏起影子

我们注定狭路相逢，你带着泥泞和笔芯

我两手空空，背负云朵的虚名

青瓦之上

炊烟散尽，青瓦吊着冰锥

火焰向上，大雪从天空而降

我和儿子各持一截冰锥
他哆嗦着小手喊冷。在故乡的雪地
我们露出各自破绽，却视而不见

父亲把胳膊伸进血压计的臂带
数字记录的压力，穿墙而过
火苗从灰烬中，抬起苍白的额头

木杵向石臼叩首，开水冲服药丸
向火塘添柴的人，用火光驱走旧年

我们不再为一片瓦当担心
期望雪花更大些，崭新的炊烟
总是出现在一片陌生的屋顶

时间的炼金术

整个下午，我像闷罐中的一枚硬币
被遗忘许久，渴望四处碰壁
摇起又放下的声音，是我的生命

红帐篷下，藤椅几近松垮
它日益塌陷的身体，像残塔一样
寄存在烈日下。园林工，卖花姑娘
在植物园抓拍蝴蝶的摄影家
盛泰服装厂女职工儿子上网课的耳机
从藤椅的凹陷处一一走出来

遮阳布似巨蟒蜕下的皮
而花棚里，每天都有新事
帐篷、花棚和铁皮房，在无人时
会独自掀翻自己的顶棚

切割机的嘶嘶声，从不远处传来
崭新的大理石桌面上，新的轮回
在保温杯和牙签之间诞生

中年赋

梦境等于现实，砧板上切出的洋葱
笔尖下写出的汉字，都让眼睛流泪

围裙下，我微微凸起的肚腩
在接受高温和油污的双重考验
清晨六点半，傍晚五点半
朝北的厨房，会准时收到阳光的请帖

新的一天，我穿过丽君早餐店、农业银行
卧阳桥、法律援助中心、汇峰国际城
穿过五个红绿灯，等待、观望、内心焦急
在蜂拥的人群中，我的步伐慢不下来

夜半的电话，凌晨的唢呐
走廊上滴水的雨衣
永远滞留在眼中的沙子
过期的药丸，被切掉的肺叶
感谢你们，像雨后雷霆，提醒我忧惧我

（选自王太贵诗集《青瓦之上》，长江文艺出版社 2024 年 6 月）

我从来不认识表达

我该去说些什么
证明自己的烟火气？

我的语言箭全射出了，沉默像一种呼吸
我想去倾诉
但我无话可说
我只能说出空白
但无人能听懂空白

我必须表达自己
像狗，像猫，在那里吠叫
或者发出某种凄凉声

黑夜一到来我就要蜕下一层皮
我本是另一个人，厌倦了伪装的
伪装也厌倦了我的

思想像是巨铁，但一到清晨我就成为白纸
我从来不认识表达
我的前半生都在沉默的高潮中

卑微者的皇冠

如今我是破产的病虎
输掉了所有的野性

我有一身空洞，但面对父亲的数落
毫无办法。我常年在深夜与孤独对峙
最终谁都不忍背叛谁，用最大的逃避比赛伟大

谁逃避得越卑微，谁就可以
用阴影替自己戴上皇冠

拓荒者

这些年
灵魂越来越重，身体越来越轻
下午闭眼躺在沙发上，一个我遁入大地
一个我升入天空。留下的，都是
不知为何的假象。因灿烂的头痛
以假乱真——

这些年，我像一个拓荒者
在自己胸口，没日没夜开垦一望无际的星空

我的悲伤蘸着甜蜜的番茄酱

我的悲伤蘸着甜蜜的番茄酱
像我天生的忧郁
但从来不足以构成毁灭之美

身后是戈壁与黄土
手边是石头
湖水和飞鸟在梦境里头
语言上站着不确定
它嘴里嚼着美丽而混沌的思考

我的悲伤挺拔俊俏
像悬崖上的风筝
骄傲地立在
人类所有的星辰和大海里

（选自田凌云诗集《母豹进化史》，长江文艺出版社 2024 年 6 月）

没有一束光能掩盖星星的锋芒

腊月的星辰下
仁青与兄弟姐妹爬到山顶点燃烟花
让裂开的希望，离漫天星光近一些
似乎这样内心的温度会高一些

在江源玉树人们习惯谈论星辰
有时心就像一颗星
熟悉高原的海拔与风向

群峰托举这片神秘地域
没有一束光能掩盖星星的锋芒
每当沉入漆黑，星辰就指出一条路
路上有激流、砂石、沼泽、荒漠

而行走者需要勇敢打开自身的光芒
在严冬的风暴中穿过这条路

让时间开口说话

通天河东岸的云空下
光朝着卓木其古村落雕刻
每一束光雕刻出一个神话传说

明代以来
时间留下的标识
让古村落隐去名字的物件
成为一束光
说出陈年的谜语
容纳漂泊者的孤独

宇宙万物中
子孙成了追光者
让时间开口说话
于是，一条大河穿透时间
让距离成为悬挂的形式

时间的刺

在青海传统古村落
石板被堆成高低不等的墙
砌墙的艺术家
寂静的神情早已说明一切

不是所有的破裂都值得修复
不规则的形状留有时代的印记
更像是一种反叛
把未来和过去的时间组合在一起

起伏的预言背后
时间的刺，不一定刺向软弱的人
终会刺向背叛时间的人

雪　豹

雪豹与山川融为一体
偶尔伪装成一块石头，静听流水奔涌
这是它疲惫时寻找的保护色

牧民尼玛才仁潜伏在澜沧江水边
寻找雪山之王的踪迹
万亩草场成了寻豹之旅的开始

他看到一群牦牛在雪地里跑
身上挂满白色珍珠
感叹道若能遇见雪豹
见者皆吉

他相信自然馈赠的纯净福地
会一睹雪豹容颜

日落时分，一只雪豹立于峰顶
望向山岩交错的方向
目视荒芜的四野
正如他孤傲地站立在三江源

（选自马文秀诗集《三江源记》，长江文艺出版社 2024 年 6 月）

骑一条河去看你

我想骑一条河流去看你
当风突然吹起，告诉我秋天
已爬上窗台
还有门前炮仗花
依然安抚梳妆台
缠绕那把头梳
吞噬旧年的黑色齿痕

水桶咕咚一声砸进深井——
背带捆紧幼年的我，弯腰撒下
一粒粒花生的弧线
年年长出新绿
从贫瘠土壤钻出无尽的思念

老屋葡萄藤下，笑容如花
悄悄往小口袋揣入两百元
让我一直回味童年赤脚的寒冬
外婆，我想骑一条河流去看
你满面皱纹漾出的曦光
就像在后郭村口
你一遍遍大声唤我的乳名
喊我回家吃饭

接　雨

在菜市场买鱼
儿子伸出手接雨
像在接受滂沱的音节
多么欢欣
微笑的脸上溢出童真
我们只关心鱼鳃是否鲜红
过问大海的价格
在烟火中奔波
唯有他独享纯粹的时刻
就像这世界只有他
和上帝玩着好玩的游戏
那一滴滴冰凉的
淅淅沥沥的
欢乐啊

当你被这样的清晨戳疼

并不是这样的清晨不存在
只是你已很少早起
遇见这样的鸟鸣
冲刷了南方潮湿的情愫

那旁若无人的骄傲的鸟鸣

充斥凌晨 4 点多的凤凰池

再过一会儿

太阳即将笼罩四野

人群的嘈杂声渐次上场

这是鸟儿们占山为王的时辰

这是汪洋恣肆的生命之歌

那尖利呼啸的热力

如一万只蜂针

猛地扎进麻木的心

致我的孩子

苹果已洗净放在桌上

你清澈的眼眸

流淌着一条璀璨的银河

闪烁皎洁的光晕

我们一起在图书馆看书

听册页沙沙作响

吹起那片枫叶

看，孩子

你又摘到了

属于你的金黄

就像梵高创造了他的向日葵

黑夜厮守夜莺的歌声

如果你也有那样一个星球

每天给多刺的玫瑰浇水

我相信你也能找到那些国王

看蛇是如何轻易地

吞掉一头大象

看你王子般自信的彩色笔

准备点亮哪一颗

寂寞的星

（选自郑泽鸿诗集《当我再次写到大雨滂沱》，长江文艺出版社 2024 年 6 月）

倒　叙

我们的墓前

肯定会下好看的雪

像你推着我的轮椅在东湖看到的那种

病痛对于我们

就像必要的争吵，其实并不可怕

毕竟我们足够勇敢

拥有足够的耐心

当然，雪也下在我们的中年

伴随着月亮升起

雪在珞珈山上落下

这一生，我们将和无数场雪重逢

多好，雪允许我们赞美

也允许我们流泪

你还记得吗，蛮蛮

我们初次遇见也是在冬天

头顶武汉肥大的雪花

我们回到哽咽而笨拙的青年

站在华科光谷地铁口，我遥遥地望见

背着红色的大书包你穿过人群跟我打招呼

"学姐，你好呀！"

然后，我们老了

然后，我们都老了
一切有关岁月的消耗
都融在了身体里
顺应季节，依次交出疾病、疼痛
以及有关孤独的表达方式

远山不远，怀抱孤绝的弧线
起伏中藏着生命完整流畅的阴影
潮水退去的两岸，你知道的
人间已是秋天，当然
我们也是枯黄瘦弱的一枝

当冬天奔向雪山，先生
我必然在途中等你
老去的形态有很多种
不要怕
我们依旧拥有流水的清澈
以及水落石出的耐心

先生，当我们老了
我依旧爱你，像你爱我那样

我们依旧慢慢地走着
互为拐杖

从来不必从身体里掏出
关于严寒的供词

陪祖母散步

她依旧琐碎、唠叨，对新鲜事物
怀有传统的偏见。但她喜欢听我聊天
像我小时候望着她一样望着我

她对世界的好奇如同小孩子般诚挚
让我误以为——老去
只是一个人不小心又回到了童年

就这样，我搀扶着她慢慢走着
把一条路走成了一条河
我们悬挂着各自的帆

但这并不影响我们一起前行
并不影响身后的桃花
开满了两岸

午　夜

有微光在试探，带着羞涩与胆怯
如此幸运地，撞见了那个失眠的人

我在夜色的浩大里辨别
布谷、麻雀、蛙声的出处
在无边的黑暗里寻找同样失眠的他者
让某种冷清看上去也可以热气腾腾

如此幸运的是
一个世界安睡的同时
另一个世界热闹地醒着

自顾自地醒着

河流醒着，群山醒着
植被和游鱼都醒着
是的，是它们递出无数的
快乐的影子才构建了夜晚的黑
来呼应寂寞的月亮和漫天的星辰

（选自康承佳诗集《一种具体》，长江文艺出版社 2024 年 6 月）

游园记

逃离家门时我们只带着雨伞，
透明的，布满黄色小花。
伞尖内部聚积着数年的残雨，
已发了霉，但是不必担忧。
只要有这把伞，
我们就可以抵御气候的变化，
必要时，我们也将它当作冷兵器，
向每一个可疑的路人挥舞。
一顶随身携带的屋檐，
足以令我们发誓不再寄人篱下。
穿过移动支付的都市阴云，
疲惫之躯们如同冗长代码般升起。
他们的灵魂总如笼子邀请宠物，
亲昵的手密布天空。
以至于总是忘记了，
我们和他们，都仅比天使微小一点儿。
这荒芜的花园中，爱是不可能的植物，
我们尖叫着运送种种荒谬：
伤害、失落、自我折磨……
人一旦热衷于说爱，

总说出所有与爱相反的词语。

然而尖叫无济于事。

在银河的花园中，

你只是一块幽暗的苔藓，

或者，一朵朝生暮死的无名花。

今天，我要为你披戴上晚霞，

当褴褛的皇后，浪迹于大路。

此刻，一定有圣徒正在为我们叹息，

因为战栗的闪电落在你的睫毛上，

因为我们越追赶就越遥远。

这样两块小小的污渍，

却足以令天国背上爱的重担……

我们企图用雨伞遮住所有视线。

透明的，布满黄色小花。

写字楼蓝调

写字楼是灰尘铺满的心脏

是狮子大开口，咀嚼热烈的白炽灯泡

是加速祖国的驾驶室里摇摇欲坠的小挂件

是心脏里的小窗户打开

永远都有你金色头发的女同事

在窗台边铺开餐布吸烟

她和你一样年轻、好动，眼睛蓝得像囚徒

黄昏将她发尾的鼠尾草压低

你想摸摸她冰冷掌心里的仙后座

"椅子上的女士，北方的女王

请在我的歌声中重新登上宝座——"

如雪的工单倾覆在你们之间

像极了荒芜的北极苔原

小天鹅和云莓在你结冰的湖上冻伤

打印机不会敲打出甜美的果酱和苹果醋

墨盒里也没有多汁可口的琥珀

梦啊，梦的皇帝，何时统治白昼的疆域

在那里你上缴了太多忧愁的税款

在那里你沿着河流寻找与她相交处的界碑

写字楼是明亮时髦的心脏

是心壁上的小窗户打开

永远有粉头发的新同事像花粉飞至

她在楼梯里铺开餐布吸烟

锁骨上的蓝蝴蝶响亮如奏鸣曲

亲爱的，你是否以为蝴蝶永远不会离开

在午休结束之前我们还来得及相亲相爱

女巫聚会的前夜

我们灵魂中的暗，彼此辉映着。

一支金黄花序的歌谣，

脱离了修辞的肉身，成为纯粹的轻。

轻的魂魄摇摇摆摆，穿过工作日的车流。

仅仅是穿过。因为我们的刀尖柔美，

无法刺伤任何价值观的皮肤。

仅仅是一道擦伤。被崭新的一天抛光。

那么多汽车，几乎像垃圾那样，

到处是垃圾堆的城市、乡镇……

楼房，在河岸这边是财富的泡沫枪，

在另一边是废墟。我们生来是相似的材料。

我们的蜂腰和燕尾，双眼亮如黑虎。

我们不与任何人交换变身的语法。

就这样生活：

赤裸的脸向镜子打开，又脏又美。

南　京

总是这样，人们总是在大街上走来走去，
法国梧桐夏天浓烈，秋天落叶子，然后呢，
春天来了，花神湖仍然平静，我们不写诗了。
从迷幻和摇滚的少年时代飞出的翩翩风筝，
偶尔眺望天空，似觉它仍在云层上方。
上帝的手要为我们披上细白恩衣，那日子还远吗？
在汽车旅馆和天国婚宴之间，错误越积累越多。
这里是困兽之都，有鬼魂在雨花台夜夜徘徊，
所有舞都停息了的街道上，我们倾斜向黑暗那边。

（选自蒋静米诗集《女巫聚会的前夜》，长江文艺出版社 2024 年 6 月）

《捉迷藏》

卡雨晨　绘

材料：数码绘画

尺寸：210mm×297mm

更艰难的日子即将到来

/ 英格博格·巴赫曼[1]　著
/ 徐迟　译

我

我忍受不了奴役
我始终是我
若有什么要让我弯曲
我宁可折断。

若命运的艰苦
人类的强权到来
来吧，我就这样生存，我就这样坚守
我就这样坚守至最后一丝气力。

因此我总是同一个我

---

[1]　英格博格·巴赫曼（Ingeborg Bachmann，1926 年 6 月 25 日—1973 年 10 月 17 日），奥地利女诗人、作家和文学理论家，被视为 20 世纪最伟大的德语诗人之一。她生于奥地利的克拉根福（Klagenfurt），大学期间主修哲学，辅修日耳曼文学和心理学。1948 年与流亡中的策兰相遇并相爱，这段恋情被巴赫曼写入小说《马琳娜》，策兰则有许多诗作献给巴赫曼，包括《罂粟与记忆》，他们的书信集《心之岁月》于 2008 年出德文版。1953 年起巴赫曼旅居罗马，并在德国和奥地利各地朗诵诗作，出版诗集《延迟的时间》《大熊星座的呼唤》。1962 年因精神分裂症在苏黎世住院，从此，精神分裂症状间隙发作。1973 年 9 月 25 晚，巴赫曼的卧室起火，由于大面积烧伤及使用药物过度，于罗马圣欧金尼奥医院去世。

我始终是我
若我上升，我便升得高
若我下落，我便彻底落。

诉说晦暗

我如俄耳甫斯
在生命之弦上演奏死亡
在大地之美与你
执掌天空的眼目之美中
我只懂诉说晦暗。

别忘了，就连你，也突然
在那个清晨，当你的床铺
仍被露水沾湿而丁香
还睡在你的心畔，
见过黑暗的河水
流经你的身旁。

沉默的琴弦
绷紧在血的浪潮上，
我攥住你鸣响的心。
你的卷发曾幻化为
夜晚的影发，
幽暗的黑絮
雪般覆盖你的面容。

我并不属于你。
我们正同时哀叹。

但我如俄耳甫斯
在死亡之侧懂得生命

而你永远闭上的眼睛
让我变蓝。

被暂缓执行的时间

更艰难的日子即将到来。
面临撤销，被暂缓执行的时间
将在地平线上显现。
很快你得系好鞋
把狗驱回洼地上的农庄
因为鱼的内脏
已在风中冷却。
羽扇豆的光燃得微弱。
你的目光在雾中留痕：
面临撤销，被暂缓执行的时间
将在地平线上显现。

你的恋人在对面沉入沙中
它攀上她飘扬的发，
它坠入她的话语，
它命令她沉默，
它发现她有朽
每次拥抱后
她都甘于告别。

你别张望。
系好你的鞋。
驱回你的狗。
把鱼扔进海。
熄灭羽扇豆！

更艰难的日子即将到来。

非佳肴

再没什么让我喜爱。

我应该
用一朵扁桃花
装扮一个隐喻？
把句法钉死在
一种光效应的十字架上？
谁会为如此多余的东西
绞尽脑汁——

我学会了一种通晓
用存在的
那些词语
（为最低的层次）

饥饿
　　　　耻辱
　　　　　　　泪水
和
　　　　　　　幽暗。

和未提纯的抽泣
和之于诸多苦难、
病况、生活开支的
绝望
（而我仍绝望于绝望）
我都能和睦相处。

我冷落的并非文字，

而是自己。
其他人懂得
天晓得怎样
用词语自救。
我不是我的助手。

我应该
捕捉一个思想，
把它押入一间被照亮的句之囚室？
用一小口上品的词
饲喂眼睛与耳朵？
探究一个元音的力比多，
厘清我们辅音的收藏价值？

我必须
用被冰雹砸毁的头脑
用这手中书写时的痉挛，
在三百夜的压力下
撕破纸，
清扫被策动的词之歌剧，
如此灭绝：我你他她它

我们你们？

（就应该这样。其他人都应该这样。）

我的部分，应该遗失。

在夏季

在睡眠与梦境间
在繁茂的草坪上

我的目光游向
无尽的高处。

多么泡影般的一种生活！
云飘散在云上
像这些炽烈的时辰，
它们将沉进
沼泽般的池塘
正中暗淡的痛。
我心如止水，
焦灼的炎热
把我投入宁静。
日复一日。
我的眼睛始终凝视它
金黄的太阳。
它就要停留在
一道阴影升腾之处。

苦涩的是错过。

流亡途中的歌

爱有一场凯旋，死有一场，
时间及其后的时间。
我们未有。

我们周围唯有天体的沉落。余晖与沉默。
但其后尘埃上的歌
将凌越我们。

一种损失

共同使用过：季节、书籍与一支乐曲。

钥匙、茶盏、面包篮、床单和一张床。

一套词语的手势的嫁妆，带来、利用、消耗过。遵守过一份住房守则。说过。

做过。手总伸着。

在冬天沉迷过一场维也纳七重奏，我在夏天热恋过。

爱过地图，一处山间巢穴，一座沙滩和一张床。用日期行过一场祭礼，宣告

过承诺不可废止，

景仰过一个什么，笃信过一个空无，

               （——还有折起的报纸，冰冷的灰烬，附留言的字条）

在宗教里无畏，因为教堂曾是这床。

湖景中浮现我无休无止的画作。

从阳台向下问候众人，我的邻居，

在壁炉之火旁，在确信中，我的头发显出最非凡的色彩。

门前的铃声是对我喜悦的警报。

我失去的不是你，而是世界。

波希米亚在海边

若此地的房屋是绿的，我还会踏入其中一所。

若这里的桥梁完好，我会在结实的地面上走。

若爱之艰辛无论何时都将消散，我乐于在这里失去。

若不是我，就是一个与我同样的人。

若一个词在这里与我毗邻，我便让它毗邻。

若波希米亚仍在海边，我就再次相信众海。

若我还信任海，我便寄希望于陆地。

若是我，就是每一个与我相同的人。

我不再为自己指望。我愿沦亡。

沉沦——即入海，我在那里重新找到波希米亚。
遭受沦亡，我平静地醒来。
现在我彻底清明，我并不迷惘。

你们过来吧，全波希米亚，水手、港口娼妓和
未下锚的船。你们难道不愿做波希米亚人，所有伊利里亚人、维罗纳人
和威尼斯人。演些使人发笑，

又惹人落泪的喜剧吧。去失误百次，
像我这样，从未通过排练，
可我还是通过了，一回又一回。

像波希米亚那样通过，于晴朗之日
获赦至海滨，它如今就在水边。

我仍与一个词，与另一片陆地毗邻，
我，即便再微小，也越来越毗邻于一切，

一个波希米亚人，一个身无长物、心无挂碍的流浪艺人，
只被赋予了，从备受争议的海上，看我所选陆地的天赋。

（选自《大熊座的呼唤：英格博格·巴赫曼诗合集》，英格博格·巴赫曼著，徐迟译，明室
Lucida·北京联合出版公司，2024 年 4 月出版）

在这里，我赞美那些翅膀

/ 赫列勃尼科夫[1]　著
/ 凌越、梁嘉莹　译

数　字

我仔细端详你们，数字。
我看见你们打扮成动物，凉爽地
披着一层皮，一只手支撑在连根拔起的橡树上。
你们给我们一个礼物：在宇宙的脊骨像蛇形运动
和空中天秤座的舞蹈间达成一致。
你帮助我们看见诸世纪犹如
笑着的牙齿的一道闪光。看见我智慧干瘪的眼睛
睁开去认识
我将是
什么
当它的被除数是一。

"在这里，我赞美那些翅膀"

在这里，我赞美那些翅膀

---

[1]　赫列勃尼科夫（1885—1922），俄国著名诗人，未来派的主要发起人之一，也是该流派的理论家之一。他的创作具有鲜明的实验性，大胆革新诗歌语言，对俄国现代派诗歌运动产生深远影响。

野蛮的飞行，它们把我带到远方，
去往自由的象征，那蓝色的维度
被太阳的光环加上穹顶，
向高处，向高处，到那绝对的顶点——
那永恒歌唱的雪鹭。

"我不需要很多"

我不需要很多！
一块面包，
一杯牛奶，
上方的天空
和这些云！

未来之城

这里的公共住宅空间，单层褶皱，
直立起来，像一页页的玻璃；
他们在这儿大叫："不再有石头了！"
一旦人类理性控制一切。
玻璃砖块，透明的矩形，
球面的，角度，在飞行中扩张着，
透明的土丘，一个
清澈透明玻璃蜂巢的集合，
用这些奇怪的街区，呼应着街道建筑，
高耸的众城堡，闪耀着白色——
在这里，我们进入太阳之城，
那儿一切都是平衡、有序和广阔的。

那儿从打开的黑暗中露莎卡的手
拿着的一只蓝色大口杯中，天空倾泻而下，
还有那猩红的球面是穹顶的高度

笼罩在玻璃的霜染发丝中，闪烁着
犹如它洞悉的眼睛探测着夜晚——现在！
一个凝视刺穿天堂
流动的火进入夜的墨汁。
这个人民的宫殿现在命令
覆盖着的屋顶转动开来
去凝视星座的队伍
并详述法律的惩罚。

一座孤独的针状塔楼
站立着，在一个街道转角放哨，
那玻璃幕墙的大道，房间
叠着房间，守卫着沉默；
有趣的，坦率的一大群
年老智慧的人从人行道上往下看。
在一束金色的光线中，关于那个
他们注视的穹顶，智慧的老人们，
寻找着真相，考验着那
从父亲们传递到儿子们的社交网络的模式。
还有那群集的人类的嘟哝声
被这个神圣的兄弟会听见了。

像一本黑色页面的书
这个城市把天空分成两半，
而夜环绕的空虚
变得更巨大，还有一个更深邃的蓝。
在这些厚重玻璃的透明街道的深处，
在深处，
幸运数字的队伍伸延着他们自己，
在一个有天堂之火的地方。
撕毁着生命那粗糙的茧，
大量在宏伟球面及穹顶之下的

明亮透明的窗户

将讲述大量已逝的景象，

将讲述已逝时光的梦想。

在这陡峭的墙壁，高耸的庙宇，

人类种族的父亲们

出现在穹顶边缘；

但是他们的脸庞，像窗户，

像一张网，不能阻止那光线。

在这个黑色的突出的，像合唱团一样，

那新仪式上的人们站立。

在铁路上移动着的钢铁平台

运输拥挤的人群，

一座玻璃宫殿，挺立着犹如一根老人的拐杖，

举起它拥有的轴线，孤独地面对乌云。

充满活力的环城公路运输着寓所空间，

阳光空间接着阳光空间，微笑的回廊单元的

一个银色赞颂，便利地固定在位置上，

蓝色的光滑玻璃的家园。

还有，投掷着光线进入这些峡谷，

最骄傲的顶峰的全盛时期，

高高的柱子盛开着

夏日闪电中被包裹着空阔寓所

它为不朽的音乐吹奏长笛

钢绞绳的合唱，捆绑得笔直，

从你的高度奔流而下！

我将永远记得

那透明墙壁的快乐，

刷亮这个城市的快乐，你缠绕着；均匀移动着

在这个小隔间和网格组成的网络上，

在这些玻璃书籍之上，打开它们的书页，

在这些轴线的针状高楼之上，

在这简朴的外表面的森林之上，
书籍的建筑，页面的宫殿，
在展示的玻璃卷轴，
整座城市是一个纯粹的反射窗口，
不妥协的命运手中的长笛。
就像驳船运输车的肩带一样
疲惫地拖着他身后的天空，
你把玻璃峡谷投掷得很远很远，
你已经剪掉这玻璃卷轴的页面
并且打开它，像一些巨大的书。
一波又一波的透明编织，你一个又一个地卷曲
一层又一层，你堆积得精疲力竭；
你说着，然后词语在狮子的嘴里回响；
你在大量镜子的碎片中成倍增加。

"再一次，再一次"

再一次，再一次
我是
你的星星。
悲哀如同
弄错水平仪
和指南针角度的水手；
他将撞毁于礁石
和隐藏的浅滩。
悲哀如同没有爱和怜悯
而使我犯错的你。
你将撞毁于礁石
而那些礁石将会嘲笑
你
你曾对待我的

方式。

（选自《未来之城——赫列勃尼科夫诗选》，赫列勃尼科夫著，凌越、梁嘉莹译，广西人民出版社，2024 年 3 月出版）

《她的花》

卞雨晨　绘

材料：套色木刻

尺寸：15cm × 15cm

推荐语

/ 宫白云

黎落的诗有一种天然的无可捉摸的迷人感。她非常成功地把看起来互不相干的瞬间情绪，几乎天衣无缝地融合在日常或自然之物中，让我们看到了另类的修辞越界、陌生的奇妙悖论；在它们的相互冲突中，享受到一种个体经验所带来的沉迷。在她这里，她身心所遭遇的所有感觉都成了诗性的吉光片羽，她漫不经心的诗句，仿佛废话，却使人感觉到很奇特很虐心，又无不与诗题的主旨息息相关。你读她的诗，没办法不说这是充满了异质感的、有别于那些陈词滥调的好诗。

琥 珀

/ 黎落

雾 淞

雾中那细碎的断裂来自哪里？
你在一个寓言般的器皿里
醒来。天空湛蓝
百草景深，而你已初备空蒙的形态
我却还无法触及你半分，只是
徘徊于镜像的边缘

偏你天真，探问渊深的手势
因"相信"
这无与伦比的执念
而结满冰针簇。你把一只
失落的白鹭
从否定中抓出，使它具象而心安
我也不计后果地"相信"她经验里面，一棵
松树的
蓬勃和青翠，有寒冷无法阻挡的燃烧

像磷火。谁领回虚无藏匿的唱针
却把家安在易逝的窗口？冬天的清晨，越来越
清晰的静谧犹如神助。雾淞在复述你的屋顶——

技艺那么美妙
她却一想就碎，并在我眼中形成白色暴风

静　物

桌子上，瓦罐和苹果们在老去
光的影子比光深，比铅笔沉
提笔的人坐我侧面
手上的笔已不知所终

我观察的视角来自阴影倾斜，和墙壁上的钟
它们走得过于缓慢
事实上，它们已经停止。静谧的冬日
只有虚无的火炉在回忆——
少年捡拾柴火，并把它塞进炉膛

一种腐朽自桌布深处弥散
我感到，我父亲正如静物不能发出一丝声响
他空空的手顺从地垂下，眼睛混沌
不再看向任何物

房子越来越轻，就要浮起来

玛　瑙

我认识一个以雕刻为生的人
立志于从玛瑙中取回同心圆——
那被锁在里面的两颗心

为此。他日夜劳作
从世界的各地捡回石头。有时他能得到
里面

一张被遗弃的脸。有时，是一汪薄水
更多是命里那坚硬的空无——

哦，空无
"在玻璃般易碎的生活留下划痕。"这固执的人
至死也没放弃
直到被装进盒子，外面又套了个大盒子

现在。请三鞠躬
祝福他得到平生最好的同心圆

琥　珀

她在那里：星宿
或永远的眼睛。通过手指
一场隐形的战争
正在那遥不可及的丛林里进行

死亡紧锣密鼓，平铺
在一株新绿的卷柏木或红豆杉上
当危险
以一种美得、令人惊心的方式
滴落：琥珀
就具备了冰与火的双重文身

小小的，透明棺椁
安置了人间最式微的神
我们轻抚她
就是轻抚了她的白垩纪，和千万年的
不死

多么天真。但虚空中的

时间不是时间，我们的破译无法撼动
"封存的真理"。只有进入
才能理解她，和她内部那恒常的生育

郁金香

郁金香的球状种子里
有种叫作"深渊"或"闪电"的东西
需要有心人，找出来

如果你信，它会自己呈现
用一种不断上升，旋转着拱出地表的力
而一旦它突破漆黑的边界
春讯或一朵花，就和你不期而遇

但这时，它还是有所顾忌
还不肯托出全部秘密，只把颜色的端倪
捧给你看
朱红，深紫，皮粉……花的调色盘叠加着
城池
只有等它完全放下戒备
城门才能洞开

光的瀑布照耀你。我曾在一个女人
那里见到这种光。那时
她一手叉腰一手捧着高高的孕肚
——挺拔。昂扬

大　雪

天空是台造雪机
它制造一种叫"雪"的物质

想象，落在我们身上

我们向结冰的白河扔雪球
看那种细碎的粉末——
生活，一样飘落

我们吃糖砂
在火栗子般的生活里越吃越小

直到
我们年轻而具体的父亲
拎着芹菜推开房门

雪

但雪从来不是轻的
只是我们觉得雪很轻，旁若无人

我们制造一种白色的眩晕
并让它沸沸扬扬——

成为一种象征。我们
还看见了什么吗？
碎片化的生活，被剥夺的更多

可能。而雪那么自由
在天空飘着。

我们在生活里
偷梁换柱，把所有衰老的
父母称之为"雪"

事实上。我们盗走了
他们的轻盈
我们的轻盈才被创造出来

龙王山

喜欢雨。神仙传说，雨是龙王降下的
世间龙王众多，我只爱龙王山的龙王
我只爱他，宽阔的脊背忧伤着绿意

气势滂沱啊。这披头散发的父神
黄浦江从他嘴里吐出
眉须俱白。飞沫像钉子，砸向十万大山

山就怒了。那么多珍藏的小儿女
一夜间，全放了出来
那么多，石马、石峰、石蛙、凝固的瀑布
全活了

养　鹤

穿过小镇的雨天
我希望遇见一个养鹤人
像磨盘一样古老
夕阳一样无声

他坐着身上的黄河就坐着
他走九个太阳就在走

我确认这是爱我的人
无限时间里，平原和草籽反复确认过的
——养鹤人

他的漏洞和他滚烫的虔诚，一样
闪着父爱的光

斜　塔

指摘对我无效。我只在一个清醒的垂直
法度向他们说真理也可以倾斜
我从物理课堂了解的两个铁球同时落地
与比萨城亲见的著名建筑
并不相悖。虽然跨过很多年，时间拿走我的挺拔
让事物弯曲。当我高举右手
用拇指和食指夹住下滑的落日
照片后，谁介意一个中国人在意大利具体看见了什么？
我横跨千万里
而铁球笔直。中间的夹角恰够扶起我们逐渐
倒下的肉身

《丰收》

卞雨晨　绘

材料：数码绘画

尺寸：210mm×297mm

中国诗歌网诗选

蓝，有两手
/ 叶邦宇

蓝，注定是给辽阔的
大海不够辽阔，再给天空

无论浪花跳起来，还是星辰坠下去
都证明——蓝，是有弹性的

有弹性——蓝，就可以
一手抓着空间，一手抓着时间

像一朵火苗，一手抓着风，一手抓着灯
像一脉传承，一手抓着蓝，一手抓着青

像一双眼睛，有一头抓不住时，就流眼泪
像一枚苦胆，抓住不放时，就会挤出苦汁

小叶子呀，你们也曾经是灰烬
/ 吴撇

当我得知浪花是江河的灰烬时
我就去学钓鱼
让自在，以垂直的方式
对抗水平及有心计的倾斜
或者摆脱浑浊的煎熬和洗脑

蓝天的灰烬，也坦然倒映于水面
灰烬热泪盈眶的样子
其实是从云朵里
一根一根，抽出孤高与虚无

人们往自身浇遍时间，所以也燃烧
你和我说话的轻轻
我不忍心打扰你的悄悄
慢慢都化作灰烬
不许哭，泪水是最残忍的火光

想起 3 月 26 日那天，宇轩说
有人在街角烧沸大海
橙色和蓝色的花朵，被书写
那时，我看见灰烬作为风帆的一种
驶离春暖花开

谈话间，风把星星吹得更加旺盛
树头也响起脚步声
小叶子呀，都围过来吧
你们也曾经是灰烬

用裕溪河打个比方
/ 思虎

裕溪河，刚蜕完皮，春天就来了
水的真身，浑圆，明亮

倒影，让天空触手可及
时间里失去的只能在倒影里找，比如
母亲十六岁时河边浣洗的样子

不只是裕溪河，或者说
它根本不是一条河

日落对岸不是偶然，偶然的是一只白鹭

摆渡人回头，面目已苍茫
水边人，你渴了吗？

去下游的运漕镇，我更习惯坐船
父亲挑着山，被流水轻轻托起、搬走

一切皆生皱纹。母亲说我越来越像父亲
的确，我们都喜欢用裕溪河打比方

夜空和露珠
/ 阿雅

一定有事物在夜里发光
时间的指针，带着错过的美
一列火车驶过深夜
留下的原野上，走着她的童年
无法找出那个确切的地址
安放她确切的荒凉
露珠在草尖上滚动
鸟儿在树枝上张开翅膀
风从遥远的北方吹来
病床上，她看到了头顶的天空
和她一样，一无所有的
天空，黑暗中抱紧一颗颗露珠

剥　离
/ 易飞

今天陪了你一天
在你去世 14 年后
你身轻如燕。我拎着你
去乡下了断

一部分洒向湖中，风吹枯荷、菖蒲
很快摇荡而去，推送于无
一部分埋于树苑，与根连理
在玉兰、桂花、樱花之外
如遍地的油菜花开放

现世和来世，你都只需要
方寸之地。在小小的筒罐里
你又活了 14 年
每开书柜，你凝立一角。我必长揖——
你加持的日子才觉踏实
死亡并不意味着撒手
而现在，千揖过后，我想让你
彻底地死去

在凌乱的生活中打转
我一直让你通风、采光、防潮、防虫
我们母子一直在与时间较量
你多么争气、硬气
再次面世，依然光洁如新
坚硬成块的灿白、细碎如碾的灰白
依然呈现生命的颗粒——粗粝、凹凸
捧于掌中，尚感温热
一阵风来，展开蝴蝶的羽衣

我的偏狭之爱，让你与自己
阴阳相隔，不能转世
我把你植于树下，化入流水
将所有与你有关的——
筒罐、念珠、绸布、束带一一掩埋

我与你全部的剥离——
世上再无母亲
余生再无背负，再无所托

晚　钟
/ 缪子默

金山寺的晚钟裹紧求佛的人
喇叭花蜷缩，让给拾级下山的风

寺庙的朱门，吱呀一声
有尚未走出的人
我的绿皮火车准时驶入月台

山下芦花白头，稻谷金黄
你的裙袂尚未抵达
火车又要轰鸣

喜欢慢半拍的事物
比如迟来的江水，晚点的炊烟
还没听见鸣笛的你

我是晚钟锈迹斑斑的那一部分
等晚霞镀金，晚风吹拂
刚好飘落在你的一小段空白

我和书房
/ 刘亚武

我的书房，像顶层阁楼
溢出的部分，孤单地浮现于
楼道的虚空之上

尘封的旧书籍

和浓烈烟雾，越积越多

会压垮这凉薄的水泥地吗

半夜里听到邻居的脚

敲着木鱼楼梯，我看见

另一个我，回到躯壳

一本书，肉身在缩减

空无在上升。感觉整个书房

缓慢地，变轻了一点

用重生的绿叶遮挡尘世的风雨
/ 张贻敏

铺满白色的花瓣。玉兰树下的草坪上

一阵风，吹落一片片春色

三两小朋友围坐在上午的阳光里，一双双

精巧的小手——

石桌上的扑克牌，几位老者早已习惯

梅花与红桃、黑桃与方块的排列

打乱，再抓起。不一样的场景，不一样的春天

飘着花香。无数个影子落下来

阳光高过头顶，时光飞逝。找不到重叠的事物

只有，尽快卸下这大片的白。高大的树冠

用重生的绿叶，遮挡尘世的风雨

松　林
/ 张广超

驻足风，带走松枝积雪

不见爷爷拾柴的背影，不安的松子

风中，追赶动荡的落日

回忆另一个冬天——爷爷

在一棵不为人知的

松树下，悄悄选好终老之地

没有人告诉我，一棵松树的阵地

是否收容一个老者

甚至双眼含藏的夜晚白昼

怎样才能让松林静默如诗

夕照的光线愈是靠拢

爷爷和我，愈是拉开更远的距离

露水被子

/ 小　妩

天窗没打开，网纱困住了星月的光

四周的荒草高高低低，增加了黑暗的神秘性

母亲在遥远的天国看着我

不要怕！孩子——后来

越来越多的人，越来越多的母亲

陆续到了天国

伤口愈合又打开，当我试图安慰一个朋友

一个才失去母亲的人

我得先把自己安慰了一遍。就这样

慢慢等，等下半夜到了，露水会越来越重

像送来一床露水被子

夏天真是越来越纵容我，母亲

它让我跟植物一样，每天都依赖重重的露水

评论与随笔

杜诗何以封圣

/ 江弱水

杜甫是中国众望所归的最大诗人。世界上也找不出比他更大的抒情诗人了。他一生留下一千四百五十多首诗。作品如此之多，成就如此之高，对后世的影响如此之深远，故一千多年来，其诗被称为"诗史"，其人被称为"诗圣"。一部《杜工部集》，是诗人的起居注、交游录，是地方的食货志、风俗通，是自然的草木谱、山水经，而尤其是大唐由盛转衰之际一系列政治、军事、社会事件的纪实。

杜甫一生的荣枯，与时代的命运息息相关，是唐代那一重大历史转折期的缩影。因为他，国人对史上同样惨烈的永嘉之祸、黄巢之乱、靖康之难、甲申之变的记忆，都不如对安史之乱来得清晰与深刻。就像英国人从莎士比亚的历史剧中得到的罗马史知识超过普鲁塔克的《名人传》，我们对安史之乱的了解，得之于杜诗的，也超过新旧《唐书》与《资治通鉴》。正史所保存的是时间、数字等冷记忆，诗人却给出视听化的鲜活经验，带着体温、景深和饱满的颗粒感。卢卡奇在《论莎士比亚现实性的一个方面》一文中说："在莎剧中，命运曲线的节奏从来都不仅仅是一条基本的、一般的直线，而是由许多丰富多彩的爆发性瞬间组成，这些瞬间似乎完全吸收进 hic et nunc（此时此地）了。"我们读着杜诗，看着九庙被焚时热浪灼飞出去的瓦、群胡腰间凝血的箭、女儿被捂住的生怕她出声的嘴、幼子脏兮兮没穿袜子的脚、捉来当丁的肥男和瘦男、翻墙逃走的老翁、月光下的战地白骨……我们沉浸在诗人的当下，感其所感，思其所思，爱其所爱，恨其所恨，化身为彼，移情于此。老杜"栖栖一代中"的书写，就这样笼罩百代，上升为人类共同的情感经验，内化为我们各自的心理现实。按照克罗齐的说法，一切真正的历史都是当代史，而杜诗作为诗史，是活在我们每个人身上的。

读杜诗，可以论其世，可以知其人。自有文字或文学以来，从未有一个人被如此真切而充分地写过。尤其是四十岁之后的二十年，杜甫经过的每段日子，其一言一行、一悲一喜，不止履历，甚至病历，都历历可辨。我们不但掌握他外在的行踪，还能透视他内在的心迹。这是一个复杂的人，心系廊庙，又情牵山林；儒行世间，而道求方外；既恤民瘼，亦体时艰；虽感主恩，还规君过。说他疏狂，他又谨慎；说他严肃，他却幽默；说他迂直，他也圆通。可谓世事洞明，人情练达，然而初心不忘，痴性不改。因此，说到底，这更是一个纯粹的人，对君上忠，对朋友诚，对妻子爱，对儿女宠，对兄弟厚，对乡邻亲，而又好健马，敬义鹘，怜池鹅，惜溪鱼，有万物一体之仁。张戒《岁寒堂诗话》曰："子美诗读之，使人凛然兴起，肃然生敬，《诗序》所谓'经夫妇、成孝敬、厚人伦、美教化、移风俗'者也。"可老杜不仅是我们情感教育的教父，影响了无数人的价值观，还引导了我们观物与审美的眼光，令我们看山不再是原初的山，看水不再是本来的水。举凡陇阪、蜀道、锦江、夔门、湘水，杜诗都给勾了线，着了色。更有甚者，我们看马会想到房兵曹的马，看鹰会想到王兵马使的鹰，甚至连看花也不纯粹是自然的花。因为有《江畔独步寻花七绝句》与《绝句漫兴九首》，宋元明清的诗人，为花颠狂为花恼，替花惋惜替花愁，一下笔就滑向了老杜的文字配方。

总之，杜甫以他的写作再现了自身的时代，又参与重塑了后人对于各自时代的感知与表达方式。在不同的程度上，杜诗总是与后来的时代形成互文，为后起的生命做代言。杜甫在其诗中融入了独特的历史经验，又被后人一代又一代汇入自身的经验，不断拿自己的世界与诗人的世界相互参照、彼此确认，从而使其意义不断增殖，而且永无休止，正所谓"其诗日读而愈新，其义日出而无尽"也。

杜甫被称为诗圣。"世人以人所尤长、众所不及者，便谓之圣。"（《抱朴子·辨问》）这样说来，杜甫也就是最会写诗，或者说，诗写得最好的人。那么，为什么好？怎么样好？以下就围绕着风格、结构、节奏三方面，贯穿起句法、章法、韵法等要点，加以阐说。

一部杜诗，地负海涵，千汇万状。元稹《墓系铭》称其"尽得古今之体势，而兼人人之所独专"，叶燮赞其"包源流，综正变"，无非在说：向前看，《诗经》的典雅、《楚辞》的藻艳、建安的慷慨、齐梁的绮靡，杜甫学什么像什么；向后看，昌黎的奇险、香山的平易、长吉的幽仄、义山的精深，杜甫要什么有什么。这正是韩愈所谓"独有工部称全美"，王禹偁所谓"子美集开诗世界"。

杜诗穷极变化，却有一万变不离其宗的主导风格，这就是沉郁顿挫。语出杜甫《进雕赋表》："至于沉郁顿挫，随时敏捷，而扬雄、枚皋之徒，庶可跂及也。"本来是说扬雄、枚皋文思有迟速之别，而老杜自谓能兼之，快也快得，慢也慢得。慢起来的话，思则深沉，辞亦顿挫；快起来的话，时虽短促，才却敏捷。可是相比于李白，杜甫的特点并非随时敏捷，而是沉郁顿挫。四个字分两方面说，即文思沉郁，而音情顿挫。沉郁是想得深，顿挫是说得重。顿是停，挫是断，偏于节奏的节而言，也就是止。而奏是进，进则浏漓，止则顿挫。杜甫称公孙大娘舞剑器"浏漓顿挫"，就是说节奏好。杜诗的语言也"独出冠时"，总是倾向于潜气内转，故再快都有重量，再轻都有密度，再细都有质感。诗人用他千锤百炼的字法、句法和章法，使其文本成为超强编码的信息流。

重量、密度、质感，这一切都统摄在诗人广泛而深沉的世界观中。"他善于从语言中提取出全部潜在的声韵、情感和感觉，在诗歌的不同层面中、全部的形式和属性中把握世界，传达出这样一种意象，即：世界是一个有组织的系统，是一种秩序，是一个各得其所的等级体系。"这是卡尔维诺在《未来千年文学备忘录》里说但丁的话，完全可以移评杜甫。在杜甫的深层意识中，宇宙秩序、道德秩序、审美秩序，三者是统一的。也就是说，天之道，即人之道，亦即文之道。这是《易经》提供给杜甫的一种想象图式和一套比兴模式，让诗人以原始思维而感之，以原型意象而写之。这是真正的天赋异禀，使得杜甫"读书破万卷"之后，还能"下笔如有神"。

在杜甫眼中，世间万物生生不息、息息相关，充满灵性、情感、意志，彼此互动、共振、交感。这正是初民的巫性思维，或者说，诗性思维。在杜甫诗中，天、地、山、水、风、雷，以及鸟、兽、草、木、虫、鱼，彼此感而遂通，又与人事、与人心形成对应关系，成为内在精神的象征。这些原型意象，因反复使用而沉淀出共通的意义。杜诗中的品类之繁、元气之足，正是"天地之大德曰生"的写照。而一旦流变的进程被扰乱，就生机枯而生民病矣。于是，苦雨终风、乱云疾雪、马鸣鹰视、虎吼龙蟠，无不隐喻着人的坎坷或顺达、心的悦豫或阴沉、道的有序或失位。不明乎此，我们就无从解释杜诗那磅礴想象的起因和字词之间无穷张力的来源。

天、人、文三者合一的秩序意识，赋予杜甫超稳定的结构感，表现为其诗体之富与其章法之严。

杜甫的内心似有阴阳互补的两种力量，奇偶相生、整散相形、正变相济，加上他既受骈文的熏习，又嗜好雄深雅健的古文，发而为诗，遂众体皆备，且各体兼善。而诗体本身对结构就有基本的规定性，比如古体与近体不同，五古与七古、五律与七律、五绝与七绝有别。先说古体。杜诗前期，五古写得又多又好，或继承汉魏乐府以述情陈事，或效法阮籍、陶潜以言志抒怀，层层调换、节节推进，给人以凝重庄肃之感，其间多有变调，常出闲笔，将异质的成分织入主题的发展中，形成包容的结构。他的七古则横放杰出，善于随时间与空间的转换，从主体与他者的关系中展开叙事，像一面面镜像重叠起来，左右映带、前后衬托。而无论长篇还是短制，他的五古与七古，主题隐而又现，意象分而又合，思路断而又连，却不管意绪兜转得多远，最后总是能接回来；也不管结构敧侧得多厉害，到底还是能稳住。

再说近体。杜甫的五律与七律，更是外文绮交、内义脉注，其组织之细密、弥缝之浑成，最能见出他的关联思维和对称意识。他的五律，将初唐词臣的组织工巧发展到极致，却大大扩展了其使用范围，就像写日记一样，一景一物、一事一理，无施而不可。他的七律，在盛唐大家高华雅正的格调之外，又开出无数法门，如书体之有楷书、行书与草书，从端庄严肃到烂漫槎枒，应有尽有，但意脉从来不乱。由于杜甫非同一般的秩序意识，他往往打破律诗的通例，四联皆对，格外凝重。连绝句也喜欢通体对仗，密实有余而风韵不足，向来不被视为正声。他却不愿削减具体要素而脱实向虚。这种裁对琢句之长技，在五言排律中得到最充分的施展。诗人排比声韵、铺陈典故，动辄数十韵乃至上百韵，结构宏大规整，但也就更少流动性。古人虽极推崇，今人却相对隔膜了。

杜甫的结构能力之强，还有一个突出的表现，即经常成双成对地制题写诗，如《哀江头》《哀王孙》与《悲陈陶》《悲青阪》、《春宿左省》《晚出左掖》与《曲江对酒》《曲江对雨》、《月夜忆舍弟》与《天末怀李白》等等。他用每一种诗体都精心结撰过组诗。从早年的《陪郑广文游何将军山林十首》《重过何氏五首》起，杜甫就开始突破单篇的狭小篇幅的限制，以多首组合而成连章体，展示了更为丰富的叙事与抒情内容，如前后《出塞》和"三吏""三别"。而且越到后来规模越大，有的没有组诗之名而有连章之实，如秦蜀道中的前后二十四首五古纪行诗，夔州的自《洞房》到《提封》咏叹玄宗朝时事的八首五律，都经纬错综、脉理曲折，极见诗人经营位置的手段。而到了《诸将五首》《咏怀古迹五首》，尤其是《秋兴八首》，更是诗人艺术创造之雄心的最高表现，成为一部多乐章与多声部的交响乐作品。

就诗而言，风格是气貌，结构是骨架，节奏是血脉。正如诗体本身对结构有着基本的规定性，对节奏也先期订下了合约，杜甫古体与近体兼善，节奏亦随之而神明变化，可谓古风之变极、近体之妙穷。

先说古体。五古的驰骋空间不如七古，字数整齐的限制也带来情感表达的节制，故趋向较稳，虽动也有静意。七古则易于大开大合、大起大落，故变化特多，虽静也有动感。老杜的动静更大，因为他不断给自己加码。他的五古，哪怕长篇也往往一韵到底，如《咏怀五百字》和《北征》，各五十韵与七十韵，都是终篇一韵，却随着场景与心情的转换而自成段落，仿佛逐段换韵。他的七古，哪怕短篇也十九转韵，更不用说那些长篇的乐府歌行，或成矩阵，或出杂言，繁音促节，层波叠浪，把节奏的参差变化发挥得淋漓尽致。

再说近体。杜甫在探索五律和七律的美感潜能上做出了最大的贡献。他天才地预见了完美的格律必将带来的边际效应递减，于是，他一边按照圆满的黄金律大写其字正腔圆的正体，一边打破固定的声音模式而创出拗体，把别扭、拧巴引进了美与和谐，以声律之不齐，见心律之不齐。像"落花游丝白日静，鸣鸠乳燕青春深"（仄平平平平仄仄，平平仄仄平平平），"扶桑西枝对断石，弱水东影随长流"（平平平平仄仄仄，仄仄平仄平平平），都是拗得越狠，对得越工，听觉上跟你很生，视觉上又跟你很熟，在审美的习惯性与陌生化之间维系着微妙的平衡。

杜诗的句法极富创造性，本质上也是为了调整节奏而发展出来的。平常的句子，"纤手传送青丝菜，高门行出白玉盘""春水坐船如天上，老年看花似雾中"，文从字顺，都很溜。可一经他手，一番拆装之后，便有了筋骨和风神："盘丨出高门丨行白玉，菜丨传纤手丨送青丝""春水丨船如天上坐，老年丨花似雾中看"。顿逗也有了些微变化，在"盘""菜""春水""老年"之后有一个延宕和沉吟，将惯性的二二三读成了一三三和二五。错位和调序之外，杜甫控制语言的流速办法还有很多，文言典重，口语爽直，实字镶嵌，虚字斡旋，对句收拢，散句放开，多元的成分做多样的排列组合，都能有效地使句子的节奏张弛有致。

杜甫对双声叠韵的喜爱，对四声递用的执迷，也多半是出于节奏的精准考量。王国维《人间词话》（未刊稿）说："荡漾处用叠韵，促节处用双声。"可见双声叠韵原是让节奏一松一紧的有机手段。杜诗尤善于此，即心即物，至巧至密，有时相隔数字，彼此呼应，而成为和声。比这更炫的，是他的四声递用手法，其律诗的四个出句的末字，往往平上去入交替使用，抑扬顿挫的幅度最大，声音的表现力也无以复加。这样一个高度为文化所化之人，一下笔就沾濡粘连着历史文本的纤维，偏生就一副原始人的唇舌，一开口就声与意会、情同韵流。异音相从之外，他又大胆地同声相应，像"中巴之东巴东山"的一连七平声，以及古体中"壁色立积铁"的一连五入声，"忧端齐终南，澒洞不可掇"的五连平加五连仄，更是千山独往，一意孤行。

杜甫之所以封圣，是各种各样的外因内因所集之大成。

首先，他幸逢开元之盛，又惨遭安史之乱，见证了时代的巨大落差。锦衣公子，麻鞋难民，天子近臣，荒江野老，如此宽带人生、广谱经历，在同时代人中独一无二。短暂立朝，使他拥有了在政治中枢才能获得的气象和格局。长期流寓，更让他走进了千千万万人民的生活。他的行踪遍及吴越、京洛、秦陇、巴蜀、湖湘等大半个中国，所摄受的肃然的气象、盎然的生机、森然的物色，一以诗发之，故其人既为时势所成，其诗亦得江山之助。

从诗史本身来看，诗骚、汉魏、齐梁、初唐，各种形式与风格大备，对仗、用事、声律等技巧也有了长足的发展，正等着大诗人出来，兼收并蓄地继承、推陈出新地转化。杜甫恰好处在这个继往开来的节点上，他的诗学眼光又最为博观圆照，不薄今人爱古人，转益多师是吾师，故能兼巧与力于一身。他是一个形式主义者，自称"语不惊人死不休"，从事各种炫目的语言试验。他又是一个现实主义者，认为"文章一小技，于道未为尊"，强调诗歌对世道人心的担当。所以，像《兵车行》、"三吏""三别"、《茅屋为秋风所破歌》等，不仅思想崇高，感情深厚，艺术也堪称完美。

杜甫天资卓越，学力富赡，从小就储存起庞大的文献数据库，又具备强劲的检索功能。他早早跻身于盛唐诗人的超级朋友圈，与李白、高适、岑参等同声相应、同气相求，遂高视阔步，以诗为一生之事业。四十岁之前，所缀诗笔，已约千有余篇，此后更用力精勤，无论在极其动荡的岁月，奔走潼关、迟回陇阪、跻攀蜀道，还是在极其安静的草堂与夔峡，他都口不辍吟，可谓造次必于是，颠沛必于是。在夔州的二十二个月中，他写了四百四十首诗，平均三天两首，真是惊人的努力。而这非凡的毅力也是由过人的体力所支撑的。得益于小时候的"健如黄犊"和青春期的呼鹰走马，他直到晚年，尽管疾病缠身，老底子都还在。

最后，杜甫一生热爱各种艺术，修养极深，眼界极高。他六岁在郾城观公孙大娘舞剑器，十三四岁在岐王宅与崔九堂听李龟年唱歌，都是音乐和舞蹈的顶流。书画名家的真迹他经眼无数，如吴道子、杨契丹的壁画，张旭的草书，薛稷的榜书等，还观赏过冯绍正的画鹰摹本、顾恺之的江宁瓦棺寺维摩诘像图样。他曾亲见郑虔粉绘、曹霸丹青、王宰山水、韦偃松石。李邕是忘年交，顾诫奢是老相识，王维是同僚，李潮是外甥，连颜真卿也是他三司推问时的主审之一，故杜诗跟颜字想必也互不陌生。不同门类的艺术之间是能够彼此唤醒的。张旭观公孙大娘舞剑器，自此草书长进，豪荡感激，即少陵可知矣。

也许，只有用老杜式的语言，才能表达对优入圣域的杜诗的称叹。于是，我操斧伐柯、借花献佛，效《史记索隐》之先例，集杜甫文赋之成句，而为述赞曰：

> 岁则云暮，实虑休止。度长立极，报本返始。注道为身，
> 觉天倾耳。恍惚余迹，苍茫具美。

233·

损于而家，忧于而国。奔走无路，尚假余息。逝水寒文，藏舟晦色。大哉圣哲，垂万代则。

（选自《读书》2024 年 7 期）

风的现代性，或面容密码

——2024 年夏季诗坛观察

/ 钱文亮　黄艺兰

引言

后现代思潮一直在冲击着当代世界的角角落落。在其影响之下，总体性图景被瓦解为细小的碎片，一切理性的深度本质也逐渐被狂欢和戏谑所取代，诗歌的创作实践亦愈来愈彰显出其解构性。如果说"存在"早已被晚期的海德格尔所否定，那么现在更是面临着直接被抹除为空无的境地。不过构成诗歌艺术本质的，或许正是它的不确定性、虚无缥缈的特质，以及模糊不清的神秘力量。本季诗坛的不少诗人都在尝试以一种变化不定的方式来表述流动的情感，在瓦解的废墟之上重建另一种诗歌理想，其呈现出的整体风貌亦如同风中变化不定的面容，"在自我不变的房间里／像骰子剧烈滚动"（蒙晦《来自早晨的手表》）。

一

物件、记忆与家庭伦理在某种意义上来说具有同构的意义，共同反映着人们心灵深处的潜意识和渴望。心理学家查尔斯·霍顿曾讨论过"移情物品"的概念，认为任何物件只要能够引起与母性之间的象征性关联，都会激发所谓的"移情联系"。这一概念为我们提供了一条线索，以探索这一季度中国诗坛上有关物质和情感的书写倾向。

蒋立波的《顶针》以母亲的顶针这一细小的物品为描写对象，讲述了生活的严酷和温情。"顶针"在诗里作为生命的承载物和回忆的媒介而存在，唤醒了诗人有关童年的记忆。霍俊明的《北方甘蔗田》一诗则以记忆中家乡的农作物为题，借助记忆的潜能，编织个人故事与集体事件交织的种种场景。这些农作物在诗人的记忆之海中充当着锚点的功能。诗人别出新意地将甘蔗田形容为一种"刺目而短暂之物"，令人想到法国理论家罗兰·巴特在他的摄影研究中曾提出过的经典比喻——"刺点"。当童年与记忆得到了某一"特有物"的填充，或者说是某一"刺点"的提醒，它就将逐一如拼图般还原到记忆本身。哑石的《童年》所要探索的是那种看来随性任意，却具有启示性作用的景象和感觉。他在诗中写到童年、陨石、萤火和卫星云图，于是一幅壮丽迷人但又带有怀旧色彩的宇宙风景在他和读者的眼前缓缓展开。在诗歌末尾，诗人"爬上李树，/咬那脆甜，翠丸似的流星的骨头"，显示出他已经成功地将自己沉入了被成年以后的自己所遗忘了的童年世界之中，并触及了能让自己获得灵感乃至新生的活力源泉。余退的《剥虾壳》具体而微地描写了浙江地区渔民的孩子在从事"剥虾壳"这一劳动时，所需要忍受的那种轻微却醒目的疼痛感受。其中"对着阴暗处用手摸寻"一句脱离了诗歌写作中常见的视觉再现手法，从触觉出发还原了身体的原初感知，使得诗意含蓄而节制。

李宏伟的《自画像2022》一诗虽然是以"自画像"为题，但实际上是一首"反肖像诗"。诗人并没有在诗中直截了当地正面描写自我的形象，反而是颇有耐心地去阐述在传统的绘画艺术中，应该如何在画纸上增减枝叶，才能够达到空间布局平衡的秘诀；画室外的石阶、雨滴、繁花、掉落的果实等物象，制造出一种特殊的禅意氛围，或者说是一个较为封闭的自我空间。之所以说这个空间是封闭性的，是因为其再现对象并不是客观实在的外界物质，而是诗人主体本身。因此从这个角度来看，虽然这首名为"自画像"的诗所表现的并不是诗人的容貌本身，却展现了与他的"自我"有关的更为含蓄的方面，包括生活环境、艺术爱好、知识趣味以及诸多方面的集成，也因此，这首诗能够传达出诗人对于自己身份的自觉意识。青年诗人张雪萌的《八月》则通过各种小物件创造了一个神秘的乌托邦梦想，在静谧之中散发出怀旧感，以及一种隐秘的悬疑感："小摆设、小物什，吩咐着概念／与沉默。坚硬的，为什么不让它们／如气体般腾空，并学习着浮动"。这些未经整理的"小摆设"和"小物什"悬停在空中，构成这个如气体般轻微浮动的场景的所有物质元素，其实同样完全可以被视为诗人本人轻逸的主体气质的扩张和延伸。通过精确再现日常生活的物质文化，诗人写出一个似乎可以栖居其中的轻盈世界，为日常生活的美学化做出了自己的贡献。

在各种日常物件中，玩具有其自身的特殊性。正如一位美国的文化研究学者所观察到的那样，在西方的文化语境中，现代玩具在很大程度上都是依赖于维多利亚时期英国作家的文学想象，以及他们对童年的罗曼蒂克怀旧情结而存在的。

而对于身处中国文化语境中的诗人来说，玩具似乎承载着更加复杂微妙的意义。西川的《第九次写到童年》（节选）一诗似乎是童年各种小物件的一份集锦，却折射出全球化进程下乡土记忆的温情和残忍。这首诗的知识架构既是传统的又是国际的——佩索阿的《不安之书》、意识形态话语和小人书、猜丁壳游戏并置，透露出这种微妙的张力——就如同诗人自己在诗中暗示的那样，"《世界地图》与《中国地图》一般大小"。西川通过诗歌写作来收集和保存各种童年时期的小物件，似乎只是为了满足着个人的情感和记忆的需要，但在隐隐约约的大背景下，依然无法逃脱经济时代的商业铁律，由此透露出一种不明显的愤怒和无奈，尤为引人深思。丁东亚的《风过野芷湖》是一首父亲写给女儿的诗，记录了自己和女儿玩游戏的美好时光。在诗人看来，纯真的孩子乃是生活在一个"不朽的世界"，在那里"超自然成为自然"，这也是孩子们的庇护所和教养地。艾蔻的《什么》主题看似十分简单，全诗都是在描述大部分人都接触过的打水漂游戏。然而面对一次又一次不间断的重复性抛掷动作，诗人突然感到恍惚，感觉自己扔出去的似乎不只是石头，同时还有身体里某样难以描述的东西。但是一次次的重复性动作又使得诗人无法停下来思考这个问题，只能继续进行扔石头的动作。其实诗人是从侧面讲述了一种普遍的困境，揭示了我们生活中时常闪现但是又难以描述的异样感觉。或者说，这首诗本身就使得我们能够在阅读中（或是一次次的"扔石头"行为中）停下来，思考我们扔出去的那个东西到底是什么。玩具在现代社会已经被逐渐驯化了，而上述诗人们的可贵之处在于能够十分敏锐地发现隐藏于日常游戏之中的不安和吊诡，并在此基础上推演出时代的困境寓言。现实运行所释放出的巨大力量将生活变得麻木，而诗人正是要对这种无形的力量保持警惕。

二

在后现代的语境中，笑话是一种特殊的语言，其作用在于能够颠覆陈规，并且给诗歌带来语言上某种恍惚的特质。法国哲学家亨利·柏格森更是认为"笑"应该成为"一种社会姿态"，因为它具有使一切刻板僵化的东西恢复灵活的魔力。若要说诗歌的游戏、调笑、恶作剧的特征，四川等地的南方诗人绝对是无法忽略的存在。

幽默的力量之一是巨大的解构能力，它能够将固有的概念拆解出多重的含义，打造出一个被多重阐释所穿透的空间。于坚这一季度发表的诗歌《WUYA》继续延续了以往"诗到语言为止"的主张，在一种不动声色的调笑中，将乌鸦分解为卡夫卡式的、二十六字母式的、巫师式的、甲骨文式的……各种形式的存在，在一次次黑暗而冷酷的"再创造"中，追问"乌鸦"这个词的含义的极限。另一首《玩纸牌者——为塞尚作注》的灵感来自塞尚绘制于 1893 年的油画《玩纸牌者》。有趣的是，这首诗歌的语言特征亦如被打乱了的扑克牌般杂乱，当诗人将其随机组合起来时，原始人般的探索精神又回到了诗人的身体中——无怪乎塞尚本人亦曾提到过想要拥有原始人的视野。无独有偶，冯铗的《梅花 Q 与梅花七、梅花九》亦以扑克牌牌面为题目，但其飘逸灵动的想象同样溢出了牌面的制约。诗人从梅花点数的纸牌联想到盛放的梅花树，又联想到投海的悲剧性少女精卫，其想象的主动性在对传统的固定模式的扰乱中不断萌发。蓝蓝的《莎草》同样重新定义了"莎草"这一词语的意义，分别并列呈现了汉语、《诗经》、农民生活、萨福、植物学家等，给予莎草的不同意义。诗人有着与众不同的思考逻辑，正如诗人所说的那样，"发明莎草纸的人们用它写诗"，而诗人则用它来做梦。曾鹏程的《一扇门》铺陈出了一扇门的无限可能，将其多重诠释方式开放给门里和门外各种各样的人群，读者们可以随时跨进或是跨出这扇门所划定的界线，而这无限的可能最终又归结为巨大的空无。诗人将其变化不定的姿态描述为一根变化多端的抽象线条，或者说是某种不可言说的存在："线条及它的弧度变化着"，而"我不能言说"。

239·

　　从某种意义上来说，其实揭示出日常生活本身的荒诞，就是一种巨大的幽默。柏桦的幽默往往是不动声色的，他善于将回忆隐藏在哲学和异域行旅经验中，并使用双关技巧来链接不同的风景和回忆："神说：要有光，我就在重庆／要有光眼镜馆配了一副眼镜／看近？看远？我看到了什么？"（《我们曾经见过的两次晚霞》）诗人特有的"冷幽默"特质使其能够在瓦解了宗教的神圣性之后直接进入当下现实的事境，而不必再为当下去花费心思虚构另外的东西。关于荒诞日常的书写在当今四川诗人笔下屡见不鲜。杨黎近期发表的《你是机器人吗》和《谁杀了我的影子》等诗同样显示出独特的恶作剧特征，这些诗认为只有文本的愉悦和游戏才是至上的，真实世界反而不值得信赖——而诗人正是在这些看似无厘头的诗歌中悄悄安置了重新建立新的世界的愿景。黄家光的《无题》在看似以日常生活的细节为重点的叙述中，包含了对于困境的突围及其突围的失败的内在音色。在诗歌末尾，诗人刻画了某个无名氏的生活状态，"他想要听一首老歌／但想不起名字／他想回去就睡了／但还是玩了一会儿游戏／他想，再玩一会儿就睡／但一翻身就睡着了"。黄家光在此充分展现了建构荒诞场景的能力，以松弛的闲笔提及了"打游戏""听歌"等带有世俗生活特质的闲暇活动。这些活动以"快乐"

和"兴奋"来填满人们空虚的时间，具有让人虚幻地逃避当今日常生活沉闷乏味与无意义的功能，却也恰恰强调了生活本身的空虚，因此成为对于现代普遍的精神真空感的回应。王大块的组诗《菜市场小记》皆为短章，构思独特，语句幽默。如诗人写菜场里的大葱，写的是"大葱等了好久／也没有人来买它／／还是旁边的空心菜决绝／昨天就开始悄悄枯干"（《大葱》）；又如写摊主假装找零的动作，写的是"'微信收款到账二十六元'，／摊主低头整理电子秤／／没有零钱可找／手不能寂寞"（《找零》）。诗人擅长于在最普通的日常场景中发掘诗意，由此松动了刻板干枯的诗歌陈规。

诗人的任务不是阐释现实本身，而是以另外的角度，揭示其从未被人注意到的某一面。幽默的多元意义之一正在于此。龚学敏的《电线上的鸟》如此而发现了现实中隐藏的另一种真实："冬天残酷，像是大地的筋／被一根根地，挑成了电线""而电线上的鸟，是天空冻掉的／手指。大地僵硬／而唯一暖和的，是飞向鸟的／子弹"。在短短数行的诗句中，冬天、筋、电线、鸟、手指、子弹等一连串奇崛而又晓畅的想象如流水般倾泻而出，却又带有冬季特有的节制和寒冷。本诗末尾，"子弹"两个字单独成行，在形式和速度上都模仿了子弹本身。由此使得这一篇幅不大、语句不长的短诗所建构的空间，成为一部类似于短剧剧场的存在。当然，有时这种对于"另一面"的"发现"也是令人不安的。骆科森的《游弋的蛇身》讲述了一个气氛诡谲的梦，身处异乡的诗人在梦中回溯自己的青年时期，然而这种和谐被第三者打断了——那是一条精致的银环蛇。在梦的结尾，这条银环蛇"咬伤闯入我梦呓中的少年／让他慢慢变异成为一条／精致的银环蛇／从此，隐藏人间"。蛇的出现改变了整首诗歌的阅读逻辑：我们顺着他的目光从上向下看到青年，然后看到代表着不安的银环蛇，由此从一个颠倒或者说是溯回的视角讲述了成长过程中可能面临的丧失的隐痛。

三

从诗歌发明伊始，在作品中表现自我就是诗人们经久不息的一种欲望，尤其是对于面容的塑造和追寻。罗兰·巴特在其著名的《嘉宝的脸》一文中写道，脸乃是人最神秘的部分之一，它"构成了人体裸露部分的一种绝对状态，既不可触及，又无法舍弃"。法国作家安德烈·纪德同样认为，最为表面的皮肤反而恰恰是一个人身上最幽深的地方。而有关面容和表情的书写正是贯穿近期诗坛的一个富有想象力的主题，他们的工作或许可以用本季度一位青年诗人的诗句恰切地概

括为："研究五官地理，杂耍人类学。"（吴昕阳《橱窗里的本雅明》）

翟永明的新作《致南·戈尔丁》是一首写给当代美国女性摄影师的诗歌，赞美了戈尔丁身上百折不挠的丰沛能量，并描绘了她的作品及其本人那种带有侵略性的美的面孔："过度曝光的面孔／让空虚变成一次又一次献身""而所有的美／在流血中站起身来　所有的美／吞啮了那些凝视的目光／所有的美"。在这里，美丽的女性面孔因为"过度曝光"而逃脱了被男性观众凝视的困境，甚至反身过来，吞噬了那些凝视的目光。这一翻转目光的诗学戏法令人惊叹。包慧怡的组诗《生育简史》巧妙地融气氛、意象和场景为一体，既融合了她向来擅长的炼金术和宇宙性话语，又融合进了庄严而神秘的母爱。其中令人印象深刻的一幕乃是诗人隔着身体，看见一个胎儿的面容正在缓缓浮现，"凹凸的五官／从假定的脸之深渊浮现"。通过具有生命潜能的观看，诗人召唤出了可见与不可见、生命与死亡两个世界的联结。蒙晦的《来自早晨的手表》的灵感来自一个日常生活中的常见场景——石英表盘将晨光反射在墙面上，但诗人从中看到了正在"快速变焦"的时间针脚，以及无数或年老或年轻的面孔，"像骰子剧烈滚动"。在对于光斑的凝视中，探寻生命奥秘的欲望攫住了观看主体，诗意由此生发。

关于都市空间中的面容，美国现代诗人庞德曾有著名诗篇《在一个地铁车站》，"人群中这些面孔幽灵一般显现／湿漉漉黑色枝条上的许多花瓣"。确实，诗中现代都市空间中人群漂浮不定而又变化多端的面容令人印象深刻。陈建华的《地铁的醒和寐》一诗似是与庞德诗句的遥相呼应，其中诗句如"一双双眼睛裸泳口罩之岸／保持优雅的恐惧，无视／近零的距离"，或"我的一只眼漾漾垂下／挂在达利之树上"，皆具有极强的视觉性，令人想到超现实主义画家达利的画作《记忆的永恒》，但又因诗人慢速的内在呼吸而具有一种特殊的流动性和变化性。诗句隐喻巧妙而又意在言外，道出了现代都市的心灵症候：人们的身体似乎离得很近，同时心却是孤立的，仍在自顾自地做原子运动——而诗人则是一个略带悲悯而又不失温柔的旁观者。上海女性诗歌团体"城市漫游者"则从女性的视角出发，探索城市中幽微细腻的情感关系。其成员钱芝安的《地下城》一诗亦与庞德的诗句有着内在的精神联系，"逆行在泛白的皮质传输带上，一张面孔／向潮湿撞来。紧接着无数张脸／向空洞撞去"，写出了现代都市愈来愈加速，乃至转瞬即逝的特质。身处"泛白的皮质传输带"上的人们既被连接，又很孤独。同时也可以将诗中的"目的地"想象为吸收时间并逃避变化的"黑洞"，大量吸纳着空洞的人群。这一诗歌团体本季度发表的诗歌皆具有镜头感，朱春婷的《梦·末世异象》在梦中不断调整焦距，在凝视、平移、变化视角的过程中构筑新的"视界"；严天的《画中的白日梦》有一种放慢速度以后带来的美感，"就像一组慢镜头／坠落，专注，无声"，另一些诗句则极富几何学意味，无论是"万物在切割中不断／被磁化　不断／被一瓣瓣掰开"（陈铭璐《蛛网》），还是"一束接一束／延展成珐琅瓷上方的金弧线"（邢瑜《夜里看樱花的时候》），抑或是"环形的溪流，在地上出现又消失／切割出对称与点构"（屠丽洁《环形物语》），皆轻巧优雅，以一种变居不定的几何图形为各自眼前的世界赋形。

变化不定的面容同时暗示着一种无定型的美学趋势。胡桑的《雾中的星期天》描述了都市雾中风景的缓缓浮现，结句"人们在路上，走向自己敞开的隐忍，／大多数头也不回"，不是走向前面诗句中描绘的任何一个场景，而是走向自我既敞开又封闭的更深处。黎落本季度发表的诗歌具有一种"漂浮"的独特气质，其《雾凇》一诗描写了雾中雪松，其氛围正如他自己的诗句所讲述的那样，"清晰的静谧犹如神助"。即便是在描绘静物，也抛去了重力的枷锁，因此看到"房子越来越轻，就要浮起来"（《静物》）。诗人的目的似乎是要在一种不确定的、缺乏几何坐标的空间，重塑一种脱离体系的自由。波德莱尔曾在《现代生活的画家》（1863）一文中提到过现代性的特征，他认为其一半是短暂、易逝和偶然，而另一半则是永恒。以上诗人的创作正体现了现代诗歌转瞬即逝与永恒不变共存的现代性美学特质。

面容亦和私密的情感息息相关，在很多情况下，两性关系中那种难以言明的魅力正是由于凝视对方的面容而引发的。祝梨的《雨厨房》以细腻的笔触描绘了都市森林中一对同居情侣的情感流动，"你瞳孔里有束柔软的野餐巾／我想抽出，到那中央坐着。一大片／清悬的林中之地，随目光驰移荏苒"。诗句明丽而又富于流动的隐喻性，灵气十足。施岳宏的《舍取林》刻画了亲密关系的动人一幕："昨晚，木板床上，你面孔霭霭，发丝／被风扇吹到雾光的包束之外。"诗人不仅细致入微地呈现了灯光和风扇所联合促成的视觉效果，也找到了另一种想象他者的方式。周鱼在其组诗《永恒与一日》中描述了多种亲密关系，如婚姻关系、闺蜜关系、亲子关系、自我关系，女性意识等，整体包裹在一种流动柔和的光晕之中，讲述与自身经验密切相关的情感诗学。衣米一的《只有玫瑰》以隐喻的方式描述了亲密关系和"尖刺"的关系，即人与人之间如何既保持亲密，又维持适当的距离——这两种状态之间存在着一个情感阈限，而又相生相成。此诗的末句亦较为出彩，"想要房间有刺的感觉／就去买几枝玫瑰"，将形而上学的情感关系描述收束在切身的身体感触之上，为情感赋形。陆岸的《风景》一诗含蓄隽永，通过描绘雪地中并排前行的两行脚印这一图景，为难以言说的情感世界赋形。康雪的《五条鱼》写的是诗人观察鱼缸中的五条小鱼的生存状态——或者说是这五条小鱼空间分配的方式,"那种过于和谐的生命关系 / 真让人着迷 / 它们不打架,不亲吻 / 就这样寂静地生活在一起",同样试图重新唤醒一种光润的诗学。

需要注意的是,"面容"并不等同于"面具",两者之间相距甚远。沉河在本季度发表的《戴面具者》一诗中描写了一个长期佩戴面具而失去了自我"真面目"的人:"他将戴上最后的面具:一个短暂者 / 一个永远没有机会找到真面目的人"。在这首诗里,"面具"和"面目"成为互相排斥的一组名词,前者是器物性的表面,后者则代表着生命的真实。罗兰·巴特亦曾分析过"脸"和"面具"之间的区别:"面具只不过是各种线条的累积;脸则相反,首先是各种线条彼此之间主题上的呼应。"在他看来,脸比面具更具有深度和形式感,并提示与故事紧密接续的事件性。换言之,"面具"是一种对面容的遮蔽和掩饰,而"真实的面容"成为这个时代越来越匮乏的存在。徐立峰的《我有一副手套》与沉河的诗形成了有趣的互文,诗人在诗中描写了一副特殊的手套,似乎是给变化不定的掌纹配备的另一种意义上的"面具"。在诗中,诗人宣称自己总有一天会脱下它,让其他人都来瞧瞧他"漫长的掌纹",而"某种东西在姿势中持续并得到支持"。灰一在《我时常看见我自己》一诗中怀疑自己是否真的是自己,怀疑那些虚伪、死板、疲倦、市侩的面容是否真的是自己的面容,因为他在镜子里看到了一个既是自己又不是自己的形象,似乎是被面具"附体"了一样。但诗人最终接受了所有的自己,通过勇敢地注视着面前的镜子,成功地找回了"真正之我"。的确,观察或者说直视自我具有一种拯救性的力量——有时树会掉光自己所有的叶子,只"为了让我们(观察者)看得更清 / 那遒劲有力的线条"(米绿意《观察者》)。只有这样,只有"具备一双有刺的眼睛",我们才终有一天能有勇气宣告:"我不再是戴面具的人。"(杨东《我不再是戴面具的人》)

四

在技术时代,各种新的声音媒介层出不穷,使得"有声诗歌"成为可能。以《诗歌月刊》为代表的不少诗歌刊物都在微信平台上推出"有声诗歌"栏目,以曹僧为代表的一群青年诗人亦在尝试创作"AI 诗歌音乐"。声音和语言的意义都将随着技术的更新得到重新定义,而诗人的工作就是重新听见被我们所忽略的"叶子的声音"(安谅《叶子的声音》)。

本季度一批诗人所倾心的是某些处于非正常状态下的怪异声音。杨键对野性诡秘的声音似乎有着特殊的偏爱，其《一只猫》一诗讲的是诗人听见深山里的一只猫叫，"那叫声飘忽诱人，忽远忽近""我听见了一种如猫一般的柔软思想"。在这里，"猫叫"像是被施了魔法似的变成了一种怪异的东西、一个异己性的事物。它与声音的主体分离，成为一个独立的、有着充分"自主性"的存在。厄土的《驯服一只野猫》将一只野猫的尖锐叫声与意大利音乐家朱塞佩·威尔第的《安魂曲》相互交织，完成了一次双声部的合奏。殷俊的《宣叙调》同样涉及音乐，一个"讲故事的人"用梦境般的宣叙调讲故事，其声音显得十分奇特，而且富于魅惑力，似乎已经"褪去语言的外衣，回忆拥有了自由"。而诗人塑造出的听众的身份则是个孩子，"她追着泡泡奔跑，/ 和它们一起消失在明亮的语言结构里"。宣叙调即朗诵调，指的是演唱家会像朗诵一样快速地念台词，是一种古老的通奏低音。在本雅明看来，机械复制技术的盛行导致了中古时代"讲故事的人"的退场，而殷俊则是要恢复这一古老的传统。朱琺的《珈琲猫——亦一个晦暗的逗号力争上游的冒险》关注的则是鸟的叫声，诗人如同一位"巫师"般不停地发出各种声音，尝试描绘并剖析最为炫目的后现代场景，读来使人觉得晦涩、荒诞，却充满迷人的魔幻色彩。

　　词语与声音有着密切的联系，其本身有着强大的力量，当它们被大声说出时尤为如此。所谓"道成肉身"，说的即是被说出的词语具有点石成金的强大力量。正如陈秦少浮的诗句所宣告的那样，"在热带的夜里 / 我想起今天是霜降 / 故乡便开始结冰"（《迁徙》）。这一具有穿透力的寓言或者说是谶语恰恰展现了词的原初力量——不是字词如何再现书写对象的生存，而是书写如何再造存在。姜巫在《词语》一诗中所呈现的景观令人动容："当我认真思考一件事时，/ 它们是胶皮手套。/ 我戴上它们，走入两眼之间的森林。/ 那里积满情感和欲望的腐叶，/ 还有一些刺痛之荆棘。/ 我得开出一条路来，用抚摸将彗星捋顺。"思考即在词语的荆棘丛林前进，直至用温柔的抚摸唤醒思想的彗星。而这些彗星其实一直都在："我就在这里，在关系之中 / 等待着被你唤醒。"（《我在》）从这个意义来看，姜巫的诗句确实别有意味。这个比喻在王明法的《词语森林》一诗中得到了相似的表述。而赵野的《秋兴八首》（选章）或许可以视为一种"元词语"思辨，"他梦想建立自己的语言系统 / 满脑子涌动六朝和风暴 / 每首诗一次新的历险 / 刀锋悟空，直抵鱼的白日梦 / 他拆解了秋天的逻辑 / 重新设置诗歌的汇率 / 一开口凤凰就飞出来 / 挟六经令天下，万物同行"。诗中的主人公所面临的是六朝以来古诗所面临的语言困境，但诗人并没有放弃写作，而是将前人的诗作重新"拆解"和"组装"，既表达了词语的神圣力量，又使这种力量为其所用。颜炼军的《纪行诗》采取了游吟与纪行的方式，如同一架诗歌搅拌机，把感官、地理、记忆和对历史的嗜好糅进某一特定的空间。

约一百年前，法国艺术家安德烈·布勒东在其《超现实主义宣言》中宣称，艺术家所要做的全部工作其实就是"找回语言的秘密"，让语言的各个元素"不再漂浮在一片死海之上"。因此，他们的尝试是让语言的元素摆脱那种越来越实用的用法，使其摆脱束缚并恢复自身能力。赵卫峰的《经过你的那些语言及其他》即进行了先锋的语言试验，在诗中编织了大量看似毫不相干的语词，却反而恰恰揭示出了语言的荒诞本质。正如诗题所暗示的那样，当语言经过你身边时，无论你选择保持距离，还是与之交融，皆能形成独特的言说方式。在姚瑶的组诗《雷的另一种语言》中有一首《闪电与一只鹰不期而遇》，形容的也是这种诗无达诂的偶然性美学："我无法阻止闪电和它的到来 / 我只能把自己置于虚无的高度 / 把自己想象成一只翱翔的鹰 / 期待与闪电不期而遇"。朱胜国的《飞翔的嘴唇》把书中的铅字比作一群蝴蝶，又把这群蝴蝶比作嚣张不止的嘴唇："打开一本书，万千张嘴唇扑面而来，/ 把门关上，嘴唇咂动窗玻璃的声音 / 令人心悸。"一连串的比喻奇崛而流畅，赋予了字词以强大的生命力，而这种生命力甚至是有些"令人心悸"的。

字词本身具有无穷力量，词与词之间的间歇、中断和空白同样意义重大。艾川的《断指》一诗描述的并非词，而是词与词之间迷人的空隙 / 断裂，"词有断裂之美，草有悲苦之志 / 能从指缝间抽出新芽的 / 不是春天，就是断指"。"断指"这一醒目而带有疼痛感觉的残忍意象是诗人的独特创造，令人印象深刻。南子的《单数》说的是在被"对称性话语"统治的世界中如何寻找独特性的故事，"她有单个的阴影单个的语言"，一种难以言喻的、巨大的孤独。朱庆和的《高楼上》则是将目光投向喧嚣人群中那个唯一沉默的存在，"窗台上的阳光在移开 / 他们一直没有发现 / 就像太阳照不到楼房后面 / 留有一大片阴影"。诗人巧妙地将听觉转化为视觉，于是一段可贵的沉默和无言就变成了一大片可见的孤独阴影。一行的组诗《空旷让人迷失》讨论了"有"和"无"之间的辩证关系："世界是空的，虽然作品堆积如山。"（《创造与拯救》）"在最深的黑暗中它仍有一种闪烁。/ 不是光，是黑暗自身的闪烁。"（《一种闪烁》）这组诗中到处都充满了一种神秘的幽灵，提醒着我们宇宙的意义；而诗人似乎恰好拥有一双特殊的眼睛，能够看到幽灵的存在，从而在无限和有限之间，将生命重新布局。

小结

诚如英国社会学家齐格蒙特·鲍曼所观察到的那样，全球正在渐渐从固态、固定的现代性，转变为流动的、速度不断加快的"液态现代性"。而本季度国内诗坛上的诸多诗歌正如同一面面角度各异的多棱透镜，折射出水里随着波纹变化不定的面容。他们的诗歌所提出的问题直接或间接地触及了物质、记忆和情感之间的关系，笑话和戏谑的力量，面容所呈现出的那种变化、碎裂和不稳定性的意义，语言、语音和词语的多种可能性等问题。这些问题贯穿于中国新诗实践的全过程，而这些诗人正在用他们自己的观念和方式去捕捉、传达和回应自己对这些观象的反应。而诗歌的奇异力量就在于，它能够将这迥然不同的一切同时容纳。

不过，需要警惕的是，当下诗坛似乎亦面临着命名的困境，充斥着高度重复的诗题和雷同的命名方式，这一现象的出现是否意味着诗人的想象力即将告罄？倘若要发掘新鲜的诗意，或许还是要回到更加直接、真实的生活，并让这些琐细但真实的经验和更宽广的历史和社会脉络产生关联。也许只有这样，诗歌才能获得一个不断更新的"未来"。

※ 本文资料来源主要为 2024 年 4—6 月的国内诗歌刊物，包括《诗刊》《星星》《扬子江诗刊》《诗林》《诗潮》《诗歌月刊》《江南诗》《草堂》，以及综合性文学刊物《人民文学》《十月》《作家》《山花》《作品》等。除作者姓名、诗题，诗作发表刊物与期数不再一一注明。

图书在版编目（CIP）数据

诗收获. 2024 年. 秋之卷 / 雷平阳，李少君主编.

武汉 ：长江文艺出版社，2024，11. -- ISBN 978-7
-5702-3821-7

Ⅰ．I227

中国国家版本馆 CIP 数据核字第 2024KF9747 号

策　　划：沉　河
责任编辑：王成晨　　　　　　责任校对：程华清
封面设计：祁泽娟　　　　　　责任印制：邱　莉　王光兴
封面插图：卞雨晨　　　　　　内文插图：卞雨晨

———————————————————————————

出版：长江出版传媒　长江文艺出版社
地址：武汉市雄楚大街 268 号　　　邮编：430070
发行：长江文艺出版社
http://www.cjlap.com
印刷：湖北恒泰印务有限公司

———————————————————————————

开本：720 毫米×1000 毫米　　1/16　　印张：16
版次：2024 年 11 月第 1 版　　　2024 年 11 月第 1 次印刷
行数：6972 行

———————————————————————————

定价：58.00 元

———————————————————————————